내 꿈은 서울 가서 사는 거

내 꿈은 서울 가서
사는 거

초판 인쇄일 2024년 10월 14일
초판 발행일 2024년 10월 24일

지은이 공계숙
발행인 박정모
등록번호 제9-295호
발행처 도서출판 혜지원
주소 (10881) 경기도 파주시 회동길 445-4(문발동 638) 302호
전화 031)955-9221~5 팩스 031)955-9220
홈페이지 www.hyejiwon.co.kr

기획·진행 혜지원편집부
디자인 김보리
영업마케팅 김준범, 서지영
ISBN 979-11-6764-070-3
정가 15,000원

내 꿈은 서울 가서
사는 거

혜지원

저는 1955년, 거제도의 푸른 바다와 한적한 풍경 속에서 6남매 중 맏이로 태어났습니다.

40여 가구가 모여 살던 '목섬마을'은 비록 작았지만, 그 속에서 피어난 수많은 꿈과 희망은 결코 작지 않았습니다.

이 책은 작은 섬마을에서 출발하여,

서울이라는 큰 세상으로 향하는 저의 인생 여정을 담고 있습니다.

담임선생님께서 해주신 그 말씀

"너희들은 서울가서 살아라."

서울을 꿈꾸며, 그 꿈을 이루기 위해 노력했던 젊은 시절의 저를 떠올리며, 제가 세상을 어떻게 바라보고 살아왔는지 깊이 돌아보고자 합니다.

스스로 공작가로 이름 붙였습니다.

책을 쓴다는 것은 저에게 큰 도전이었지만, 용기내어 저의 인생을 한 글자 한 글자 써내려가 보았습니다.

가족의 온기가 느껴지는 이 이야기 속에는 제 아들들과 며느리들이 정성스럽게 써준 추천글, 그리고 손자, 손녀들이 사랑을 담아 그린 삽화들이 함께합니다.

'내 꿈은 서울 가서 사는 거'

가난했지만 행복했던 그 시절의 이야기를 여러분과 나누고 싶습니다.
그 시절을 떠올리며 가슴 깊이 느껴지는 그리움과 사랑을 느껴보시기 바랍니다.

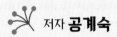 저자 **공계숙**

공계숙 여사님의 수필 출판을 축하하며

내 꿈은 서울 가서 사는 거.

이 짧지만 강렬한 한 문장에 저희 어머니의, 공계숙 여사의 삶이 담겨 있습니다.

어머니의 수필 집필 과정을 도우면서 저는 어머니 공계숙이 아닌 인간 공계숙의 삶에 대해 느끼게 되었습니다.

제가 그녀를 처음 만났을 때 그녀는 이미 어머니였고, 그런 줄로만 알았습니다.

하지만 그녀에게도 어린 시절의 추억이, 젊은 시절의 꿈이 있었습니다.

어머니도 이럴 때가 있으셨구나…….

거제도에서의 어린 시절 이야기를 읽으며 저절로 웃음이 나왔고, 여고시절의 풋풋한 추억은 저의 학창 시절을 떠올리게 했습니다. 상경하여 자리잡기까지의 힘들었던 이야기와 저와 동생을 낳으시고 키우면서 느꼈던 이야기는 행복과 괴로움, 보람이 느껴져 눈시울이 찡해졌습니다. 가족을 뒷바라지하면서 접어야 했던 꿈이 느껴져 가슴이 저렸지만, 포기하지 않고 불굴의 의지로 하나씩 하나씩 행복을 찾아가는 어머니의 모습이 자랑스러웠습니다.

어머니 공계숙이 아닌 공계숙 여사의 삶을 느낄 수 있는 소중한 이 책은, 공계숙 여사님 본인에게도 큰 영광이지만 저에게도 큰 선물이었습니다.

사랑하는 어머니, 아니 공계숙 여사님
출판을 진심으로 축하드립니다.

사랑합니다.

-큰아들-

결혼을 하고보니 우리 시어머니께서는 자칭 '공카소'라 하십니다. 수채화를 배우고 전시에도 참가하셨대요. 아동복지학을 공부하는 대학원생이기도 하셨지요. 어머님의 학위 수여식에 가족들이 함께 갔던 기억이 생생합니다. 어느 해에는 합창단에 들어가 알토를 맡았고 노래를 배운다고 하셨습니다. 합창 공연 중에 무대 위에서 두 아들과 함께 뜻깊은 특별 공연도 하셨어요. 또 어느 해에는 갑자기 혼자서 일본에 다녀오시겠다고 합니다. 주변의 걱정하는 말을 비웃듯 손가방 하나 달랑 들고 현지인처럼 유유자적 즐기다 오셔서 가족들을 놀래키셨죠.

그래서 갑자기 어머님께서 "내 이야기를 글로 쓸거다.", "책 한번 내 볼라고." 하셨을 때, 저는 전혀 걱정하지 않았습니다. 어머님의 서투르지만 결국엔 해내는 도전을 가까이에서 여러 번 지켜보았기 때문입니다. 고군분투 끝에 진짜 '공작가'님이 되실거라는 것을 믿어 의심치 않았습니다.

이 책을 읽으며 잘 몰랐던 어머님의 과거를 엿보고 나니 젊은 시절부터 한결같이 마음 속에 빛내고 싶은 불씨가 가득한 분이셨구나 싶습니다. 참 열심히 사셨습니다. 이토록 끊임없이 도전을 이어가고, 부지런함의 끝판왕인 어머님을 지켜보며, '누울 수 있는데 왜 앉아있나?' 하는 눕는 게 취미인 며느리는 그저 신기하고 존경스러울 따름입니다. 누워만 있던 제게 조바심이 나게 만들기도 합니다.

"민희야, 내 글 보니 우습제?" 하셨지만 우습기는요. 저라면 걱정만 한가득 앞서 못할 일들을 어머님은 마음만 먹으면 결국엔 해내시는걸요.

'공작가님'의 첫 출판을 진심으로 축하드리며, 이 다음엔 또 어떤 곳에 활활 타올라 불을 밝히실지 슬쩍 기대해 봅니다.

-큰 며느리-

한국전쟁 이후, 모든 것이 풍요롭지 않았지만,
그 시절은 꿈과 희망이 가득했던 때였습니다.
서울이라는 낯선 땅을 꿈꾸며 그곳으로 향한 소녀의 이야기를 담은 이 책은, 그녀의 열정과 희망을 솔직하게 담아냅니다.

가족의 사랑과 정성이 스며든 이 기록 속에서 그 시절의 그리움과 따뜻한 감동을 느껴보시기 바라며, 소녀의 인생 여정

을 통해, 우리 모두가 자신의 꿈을 품고 나아가는 용기를 얻기
바랍니다.

- 둘째 아들 -

이 책은 베이비붐 세대에 대한 이야기이자

서울에서 사는 것을 꿈꾸었던 소녀의 이야기이다.

삶에 대한 성찰을 통해 자신감 있게 살기로 다짐한 작가의
여정이 담겨 있다.

성실하게 그리고 정직하게 삶을 대하는 작가의 이야기를 읽
어나가며 나의 지나온 삶에 대해 그리고 살아갈 날들에 대해
생각해보게 된다.

나에게는 지금 성장의 욕구가 있는가?

사람과의 관계를 소중히 여기며 살아가고 있는가?

-둘째 며느리-

목차

작가의 말

추천글

1장.

1960년대 공작가 그때부터 '내 꿈은 서울 가서 사는 거'

 01. 공작가 그때부터 '내 꿈은 서울 가서 사는 거' • 18

02. 섬 아이 국민학생이 되다. • 21

03. 가을 운동회 • 24

04. 가을에는 벼 이삭 줍고 겨울에는 보리밭 밟고 • 29

05. 농번기에는 부지깽이도 바빴다. • 32

06. 징검다리 • 34

07. 외갓집은 감나무집 • 37

08. 화폐개혁-10환이 1원으로 바뀌다. • 40

09. 눈 뜨고 코 베일까 봐 코를 잡고 다녔다 • 43

2장.

1970년대 거제도에 전기가 들어왔다.

 01. 거제도에 전기가 들어왔다. • 48

02. 고등학교는 부산으로 유학을 • 52

03. 그때는 학교에서 단체로 영화관람을 갔다. • 54

04. 직장생활은 장승포 제일중고등학교에서 • 57

05. 공작가 드디어 결혼을 하다. • 60

3장.

1980년대 공작가 서울에 입성하다.

01. 공작가 서울에 입성하다. • 66

02. 1982년 야간통행금지가 폐지되다. • 70

03. 인생은 호롱불 같은 것 • 73

04. 1988년 서울올림픽 • 74

05. 송파구 볼링 대표선수로 뛰다. • 77

4장.

1990년대 공작가 생애 첫 내 집을 마련하다.

01. 공작가 생애 첫 내 집을 마련하다. • 82

02. 마흔 나이의 반환점에서 • 84

03. 행복하게 뛰놀던 그때 그 아이들 • 86

04. 내 안에 성장의 욕망이 있음을 발견하다. • 88

5장.

2000년대 공작가 성공의 꽃을 꽃병에 꽂아라.

01. 공작가 성공의 꽃을 꽃병에 꽂아라. • 92

02. 어버이날에 부모님을 생각하면서 • 94

03. 연두빛 수채화 그림과의 동행 • 97

04. 작은아들 고등학교 축제 • 99

05. 내 큰아들의 퇴소를 축하한다. • 103

06. 학기 때마다 장학금 받아오는 내 작은아들 • 106

07. 큰아들 상견례 • 109

08. 동해안을 다녀와서 • 111

09. 큰아들이 결혼하는 날 • 120

10. 새 가족을 환영한다. • 126

11. 우리 집 며늘아기는 복덩이 • 129

12. 내 며늘아기의 생일 • 131

13. 사돈 두 분께 • 133

14. 사돈이 사위에게 보내는 편지 • 135

15. 사돈이 시집보내는 딸에게 • 137

16. 결혼한 큰아들집의 집들이 • 139

17. 첫눈을 기다리며 • 141

18. 한 해를 보내면서 • 145

19. 대학원에 입학하다. • 147

20. 양희은 콘서트 들길따라서 • 150

6장.

2010년대 공작가 '만선'의 돛을 올리다.

01. 공작가 '만선'의 돛을 올리다. • 156

02. 자원봉사 4행시 • 158

03. 일본 미야자키에서 한바탕 웃었다. • 160

04. 새봄에 피어난 하얀 싸락눈꽃 • 167

05. KBS 가요무대 생방송에 다녀오다. • 169

06. 캐나다로 유학 떠난 내 작은아들 • 175

07. 나는 내가 자랑스럽다. • 178

08. 국화의 계절 가을에 • 180

09. 사돈님의 은혼식 날에 • 182

10. 가을에는… • 185

11. 오십일곱번째 생일날에 • 186

12. 수채화 전시회를 마치고 • 188

13. 결혼 32주년을 자축하면서 • 190

14. 내 작은 아들이 첫 직장을 잡다. • 192

15. '뽁뽁이' 탄생을 축하하며 • 194

16. 엄마가 된 며느리에게 • 196

17. 예순의 길에 들어서면서 • 198

18. 행복의 수채화를 창가에 걸어두고 • 200

19. 내 마음속에 평화 • 202

20. 가족 연주회 • 204

21. 큰아들 학교 동아리 공연 • 207

22. 작은아들이 결혼하는 날 • 209

7장.

2020년대 공작가 70에서 80을 바라본다.

01. 공작가 70에서 80을 바라본다. • 214

02. 나이 듦이 참 아름답구나. • 215

03. 이제 와서 왜 물었을까? 40년이 지난 지금 • 218

04. 달달한 식혜를 마실 때마다 엄마가 생각난다. • 221

05. 내 나이 언제 여기까지 • 223

06. 내가 생각하는 성공한 삶 • 224

07. 70 노인 혼자서도 글로벌하게 • 226

08. 산다는 것은 • 228

09. 살아가는 삶, 살아내는 삶 • 230

10. 오랜만에 대학 친구들이랑 송년회 • 231

11. 세상이 다 그런 것을 • 233

12. 올해 2024년 12월 2일 결혼 45주년 • 236

13. 옴마야! 저거 보석 아이가? • 237

14. 참 소중한 사람 • 239

15. 노래교실에 등록하다. • 241

16. 로봇화되어 가는 사람들 • 244

17. 못다 준 사랑에 아쉬움 남을까 봐 • 246

18. 나에게 쓰는 편지 • 248

19. 엄마가 항상 그립다. • 250

20. 수필을 쓰면서 나를 깨닫다. • 252

수필을 끝내면서

내 꿈은 서울 가서 사는 거

1장

: 공작가 그때부터
'내 꿈은 서울 가서 사는 거'

공작가 그때부터
'내 꿈은 서울 가서 사는 거'

푸른 하늘 시원한 바람

교실 창가에는 고추잠자리가 날고 있었고,

학생들은 교실에서 졸고 있었다.

새로 부임해 오신 키도 크고 얼굴이 뽀얀 선생님께서

"오늘은 재미있는 이야기 해 줄까?"

예예~ 박수 짝짝짝!!

그날,

선생님께서 해주신 그 말씀이, 평생의 내 꿈이 되었다.

"너희들이 어른이 되면 집집마다 자동차가 있을 것이다. 지금 현재 집집마다 자전거가 있는 것처럼."

'자동차?

군인들이 타고 다니는 지프차밖에 본 적이 없는데…….'

"지금의 재래식 화장실도, 스위치 하나 누르면 싹 씻겨 내려가는 수세식으로 바뀔 것이다.

너희들은 꼭 서울 가서 살아라."

서울?

서울이라꼬?

선생님도 서울집에 사시나?

서울!

어느 쪽에, 어느 방향에 있는지도 몰랐지만,

그때부터 '내 꿈은 서울 가서 사는 거'

거제도 바닷가, 어촌마을,

호롱불 밝히고 우물길어 먹는 섬 아이 그날부터~

'내 꿈은 서울 가서 사는 거'

섬 아이 국민학생이 되다.

내 고향은 거제도

성포리 '목섬마을' 40여 가구, 작은 어촌마을이다.

전기도 없었고, 수돗물도 없었다.

호롱불을 켰고, 물은 우물에서 길어다 먹었다.

세월은 흘러 1962년, 입학할 나이 8살이 되었다.

국민학교 입학 시즌에는, 사등면사무소에서 직원들이

나왔다.

"국민학교는 의무교육이니 아이들을 학교에 꼭 보내야

된다."며 부모님들을 설득하러 가정마다 방문을 오셨다.

어른들께서는 "여자를 왜 학교에 보내야 되느냐?"며 오히려 의아해했다.

　달랑 두 명, 은자랑 나만 사등국민학교에 입학을 했다.
학교는 왕복 두 시간, 먼 거리였다.

　아침에 큰 아이들이랑 모여서 학교 갈 수 있으면 그나마
좋으련만 우리 집은 언제나 늦은 아침식사를 했다.

　항상 지각할 시간에 학교에 보내시는 엄마가 미웠고 학
교에 가기도 싫었다.

　학교는 운동장이 아주 넓었다.

　체육시간에는 공놀이를 자주 했다.

　축구공이 바다로 굴러 떠내려가면, 배타고 나가서 건져
오는 일은 남학생들 일이었다.

　미술 시간에는 크레파스 한 통으로 학생들이 서로 나누
어 쓰고,

　음악 시간에는 탬버린 악기도 나누어 쓰면서 친구들이
랑 잘 지냈다.

　지금 생각해보면 국민학교 시절 6년은 현명하고 성실하

게 잘 보낸 것 같다.

졸업식장에서 6년 개근상장도 받은 기억이 나는 걸 보니…….

가을 운동회

학교 운동장에는 만국기가 걸리고

운동장 스피커에서는

가을 운동회 노래가 멀리까지 흐르고 내 마음도 한껏 들
뜬다.

가을 운동회는 매년 추석 다음날에 열린다.

추석에 고향 찾으시는 분들 가을맞이에도 좋고

추석에 장만한 음식들로 가을 운동회가 더 풍성하기 때
문이다.

그리고 또 더 좋은 건

오늘은

책 보자기를 허리에 메고 가지 않아도 된다는 것.

학교는 3~4개월 전부터 가을 운동회 준비로 분주했다.

"올해는 길가에 흰색 코스모스가 만발했으니 백군이 이기겠다 그쟝?

작년에는 청군이 이겼잖아 그치?"

운동회를 앞두면

학교는 청군과 백군 두 그룹으로 나뉜다.

학급에서 내 번호가 짝수면 백군, 홀수면 청군

청군이 되는 걸 좋아했는데 키 순서대로 정했으니 항상 1번 홀수 번호 청군이었다.

빨주노초파남보 코스모스를 좋아하니 청군이 더 좋았다.

어린이 걸음으로 왕복 2시간을 걸어 학교가는 길은 오롯이 코스모스 길이다.

빨주노초 꽃들이 더 많이 피면 청군이 이긴다고

흰색 코스모스가 만발했으면 백군이 이길거라고 그냥 재잘재잘거렸다.

6학년의 기마전 게임 시간이다.

그때는 한 반에 60명~70명 되었으니 한 그룹이 6~7명 정도씩 10그룹으로 나누어서 어깨에 발을 올리고 일어서면 3층 계단이 되었다.

제일 위에 서 있는 대장모자 빼앗기!!

지금 와서 생각해보니 전쟁놀이였다.

제일 위에 서 있는 대장은 막대기를 적군에게 휘둘러 싸워서 상대편 대장 모자 빼앗기, 모자 빼앗기면 패배!

다음은 나, 3학년 '손님 찾아 같이 달리기' 차례가 왔다.

운동장 한 바퀴 중에서 반 바퀴는 혼자 달리고 반 바퀴는 종이에 씌여진대로 찾아서 같이 달리는 게임이다.

반바퀴 돌고 난 지점에서 운동장에 떨어뜨려 놓은 종이 한 개 주워서 읽어보니

'객지에 사는 사람 찾아 같이 달리기'라고 적혀있었다.

객지가 무슨 말인지 몰라서 그냥 운동장을 바라보며

"객지 사람!!! 객지 사람!!!" 크게 소리 질렀다.(그때도 지금처럼 목소리는 컸다.)

모르는 청년이 뛰어나오더니 내 손을 잡고 남은 반 바

퀴를 함께 달렸고 우리가 1등을 했다. 기분이 하늘을 나는 것처럼 좋았다.

시상식 때, 함께 나온 청년이 머리를 쓰다듬으며 귀여워 해 주셨다. 공책과 연필을 1등상으로 받았다.

마지막으로 줄다리기 게임이 남았다.

줄다리기는 온동네 게임이다. 아이들 어른들 모두 모여

"청군 이겨라!"

"백군 이겨라!" 소리지르고 난리가 난다.

맨 앞 기준선에는

학교 선생님들께서 차단막을 쳐놓고 함께 즐기는 게임 이 하이라이트다.

운동장 스피커에서

올해는 전체 점수 매겨보니 백군이 이겼다고 빵빠래~~~

"맞네! 맞네!!

올해는 흰색 코스모스가 더 만발했잖아. 은자야, 그치?"

운동회 날은 정말 즐거운 날

공책 4권 연필 4자루 받아서 집으로 돌아오는 길

발걸음도 가볍다.

내일은 학교 안 와도 된다네. 집에서 쉬라고 하네

기분이 더 좋다. 은자랑 재잘거리며 집으로 가는 길

오늘도 참 행복했다.

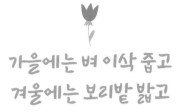

가을에는 벼 이삭 줍고
겨울에는 보리밭 밟고

추수의 계절이다.

온 동네가 바쁘다.

윗동네 아랫동네 모두가 바쁘다.

앞마당에는 외할아버지께서 탈곡기 페달을 밟으며 탈곡을 하고 계신다.

탈곡기는 윙윙 소리내며 벼를 추려내고 있었고

뒷마당에는 외삼촌께서 도리깨로 내리쳐 콩 껍질을 벗겨내고 계신다.

마당 한쪽 귀퉁이에서 외할머니와 함께 막대기를 양손에 들고 참깨단과 들깨단을 두들겨 알맹이를 골라내는 중이다.

올해는

벼 수확도 좋고

잡곡들도 좋고

단감도 많이 열려서 풍년이라고 하셨다.

겨울이 왔다.

겨울에는 보리밭 밟기 계절이다.

보리의 생장력 강화를 위해 보리밭을 밟는다고 한다.

오늘도 수업 두 시간은 야외 수업이다.

공부 안 하고 노는 시간은 그때나 지금이나 기분이 좋다.

학교 근처에 있는 보리밭을 밟으러 나갔다.

한 학급이 60명이 넘으니

  한 줄로 길게 서서 앞사람 어깨 위에 양손을 얹고 칙칙
폭폭 노래를 부르며 보리밭을 왔다갔다 기차놀이를 한다.

  기차길 옆 오막살이 아기아기 잘도 잔다.

  칙폭칙폭 칙칙폭폭 칙칙폭폭

기차소리 요란해도 아기아기 잘도 잔다.

마지막 남은 수업은 하는둥 마는둥 놀다가 은자랑 집으로 가는 길

은자가 말했다.

"계숙아, 집에 가방 내려놓고 우리 쑥 캐러 가자.

어제 보니까 쑥이랑 달랭이가 보이더라."

"맞아, 올해는 겨울이 따뜻했잖아."

가방을 던져 놓고 은자랑 동네 한 바퀴 들판으로 쑥 캐러 나간다.

농번기에는 부지깽이도 바빴다.

모내기철이다.

학교에서는 두 시간 수업을 끝내고 학생들 모두 왁자지껄 하교길이다.

그 당시 학교에서는 농번기에 수업을 일찍 끝냈다.
농사로 바쁘신 부모님을 도와드리려고 집으로 향하는 길.

농번기에는 부지깽이도 바쁘니 어린이들도 그때는 고급 인력이었다.

새참 시간에 주전자에 막걸리를 담아 들고 외갓집 들판

으로 나갔다.

 동네 어른들께서는 서로서로 모내기 품앗이로 넓은 들판에서 모내기를 하고 계셨다. 모 심는 아낙들의 노랫소리가 흥겨웠다. 우리 어린이들도 함께 즐거워했다.

 어린이들은 모판 줄잡기를 도왔다. 논 양쪽에서 줄을 당겨줘야 일렬로 바르게 모를 심을 수 있었다. 모가 채워진 논에는 거머리도 많았다. 발등에 붙으면 모기처럼 피를 빨아먹는 거머리…….

 물 채워진 모판에 들어가고 싶었지만 어른들은 심어놓은 모 자리가 망가진다며 아이들이 논에는 들어오지 못하게 해서 논두렁에서만 놀았다.

 들판에서 먹는 점심은 아주 맛이 좋았다.

 아직도 이른 모내기철의 바쁜 일상이 기억나는 것은 어릴 때의 행복한 추억 때문일 게다.

징검다리

엄마는 오늘도 저녁 설거지를 하면서 혼자 중얼거리신다.

"이놈의 하늘도 무심하시지…….
왜? 딸만 내리 4명을 준단 말인가?
남들은 아들도 쑴뿡쑴뿡 잘도 낳던데……."

천지신명을 원망하는 엄마의 성긴 말투에 상처받고 자
랐다.

예쁘게 잘 자라는 네 딸이 있었지만 어머니께서는 대를
이을 아들 생각뿐이다.

딸들은 아들을 낳기 위한 징검다리

나도 가엾고, 동생들도 가엾고, 엄마도 미웠다.

엄마가 그러실 만도 한 것은 넷째 딸을 낳았을 때

친할머니께서 이번 달이 출산일 쯤이라
궁금하셔서 우리집에 오시던 길에 이웃 아주머니를 만
났다.

"계숙이 할머니, 아기 낳았다는 소식 듣고 오시네요.
이번에 또 딸을 낳아서 섭섭하시지요?"

또 딸을 낳았다는 소식을 들으신 할머니께서는
집에도 안 들어오시고 대문 밖으로 아무 말씀 없이 나가
셨다.

몸을 돌려 나가시던

친할머니를 붙잡고 죄송하다며 우시던 엄마의 모습이
지금도 기억에 생생하다.

그 시절에 어른들은 왜 아들만 선호했을까?

지금도 엄마를 생각하면 가슴아린다.

외갓집은 감나무집

오늘은 주말, 외갓집으로 향한다.

외갓집에 가면 언제나 먹을 것이 많았다.

외할머니댁에는 감나무가 일곱 그루나 있었다.

기역 자로 된 초가집 담장을 감나무가 대신하고 있었다.

감 종류도 다양해서 없는 감이 없었다.

감나무는 울타리이기도 하고, 놀이터이기도 했다.

초여름부터 감꽃도 주워 먹고 감나무 밑에 돗자리 깔고 누워 감이 떨어지기를 입 벌리고 기다리다가 지쳐 잠들기도 했다.

할머니께서는 아직 덜 익은 감을 소금물에 담궈 두셨다.

사흘 동안 삭히면 떫은 맛이 없어지고 달콤한 감으로 변하는데, 그 맛을 잊을 수가 없다.

외조모 외조부님께서는 돌아가셨고 세월이 지나 나도 어른이 되어
외할머니댁을 찾아보았더니 흔적도 없이 사라지고 없었다.
그 많았던 감나무들도 온데간데 없었고, 동네 안에는 큰 도로가 나 있었다.

그림처럼 영화처럼 흐르던 내 고향 산천
햇볕과 바람이 한 번에 들어오던 초가집
지금은 그 고향이 그립다.

화폐개혁
-10환이 1원으로 바뀌다.

바야흐로 1962년 6월 10일,

높은 인플레이션으로 침체된 경제를 활성화하기 위해 화폐개혁이 있었다.

10환이 1원으로 교환환율이 10 대 1이었다.

공무원이시던 아버지께서는 어린 나도 알아듣게 경제 교육을 해 주셨다.

"다음에 너가 어른이 되어 저축을 할 때는 기간을 1년 단위로 하거라. 길게 하지는 말거라.

금리변동이 자주 있을 것이니 그 변동의 흐름을 잘 이용 하거라."

　여덟 살이었던 내가 알아들었다는 것도 신기하고, 조기
교육 덕분인지 아버지께서 물려주신 경제 DNA도 조금은
있는 듯했다.

　"1년마다 적금 타면 1년 정기예금에 넣고 그 돈이 불어
나면 차츰 금액을 확대하거라."

　60년 전의 아버지 말씀 지금 와서 생각해보니 1년 단위
의 정기예금은 복리의 마법이었고 예금으로 쌓인 자본을
이용하여 재산을 불려나가는 것은 재테크의 핵심이었다.

　아버지의 말씀 아래 우리 육남매는 경제적으로 자유롭
게 잘 살고 있다.

이 글을 쓰면서 우리나라 화폐개혁의 역사에 대해 알아보니 네 번이나 화폐개혁을 했다고 한다. 1905년, 1950년, 1953년, 1962년.

언젠가 또 화폐개혁의 대 사건이 일어날 것이다.

지금도 돈의 흐름에 주목하고 있다.

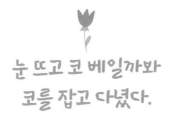

눈 뜨고 코 베일까봐
코를 잡고 다녔다.

우와!

국민학교 입학해서 처음 맞이하는 여름방학이다.

외할머니께서 부산에 살고 계시는 외삼촌댁에 같이 나들이 가자고 하셨다.

성포에서 명성호를 타고 3시간 반 걸려서 해질녘에야 부산여객선터미널에 도착했다.

"시골사람 도시에 가면 눈 뜨고 코 베인다!"

외할머니께서 정신 똑띠 차리라고 당부하셨다.

'도시는 무서운 곳이구나.'라고 생각했다.

부산에서 난생처음 전깃불을 보았다.

여객터미널은 대낮처럼 밝았고, 지게를 멘 짐꾼들은 더 싸게 운반해 주겠다며 여기저기서 흥정을 하고 있었다.

외할머니께서는 리어카를 선택했다. 산더미같은 쌀 짐을 리어카에 싣고 출발!

도시의 풍경은 참 신기했다. 정신없이 구경하다 보니 30~40분쯤 흘렀을까? 어느새 부산역앞 초량동 외삼촌댁에 도착했다. 외할머니 친척들이 그곳에 모여 살고 있었다.

근처에는 간장 공장도 있었고, 극장도 있었고, 남자고등학교도 보였다.

'부산에는 밤이 없구나. 전깃불이 이렇게 좋은 것이었구나. 거제도는 밤이 되면 깜깜해서 무서운데……. 이렇게 대낮같이 밝고 좋은데 외할머니께서는 왜? 조심하라고 하셨을까?'

혼자 생각하며 중얼거렸다.

부산에 있던 사흘 내내 눈 뜨고 코 베일까 봐 코를 잡고 다녔다.

내 꿈은 서울 가서 사는 거

2장

1970년대

: 거제도에 전기가 들어왔다.

거제도에 전기가
들어왔다.

1971년 4월 8일, 거제 1대교 개통, 육지와 연결!!
사등면 견내량~통영시 용남면 2차선 740미터
고등학교 1학년 때 거제 1대교가 개통되었다.

옴마나!
거제도 섬에도
며칠만 있으면 전기가 들어올 거라네!!!
너무도 신기하고
너무나 감격스러웠다.

개통되기 하루 전날, 출발지에서 도착지 740미터
대교 위에는 축하 퍼레이드를 보기 위해

남녀노소 할 것 없이 차도가 사람들로 가득 찼다.

소풍처럼 도시락 싸들고 너도나도 모여 잔치를 연 것처럼 난리가 났다.

나도 돗자리를 준비하고 김밥을 싸서 친구들이랑 퍼레이드에 합류!

거제 1대교 출발점에서 도착점까지 손을 잡고 30분 정도 걷는 코스였다.

기분이 참 좋다.

"우리도 이제는 섬 사람이 아니다. 그쟝!"

"육지 사람이네!!" 서로들 하이파이브!!

도시에서는 진즉부터 사용되고 있을 가전제품들이 할부판매로 집집마다 줄지어 들어오기 시작했다.

TV, 밥솥, 세탁기 등

우리 집에도 TV 들여놓자고 동생들이 아우성이었다.

그 시절의 유명한 연속극은 〈윤지경〉이었는데

저녁먹고 설거지 끝내고 잽싸게 옆집에 몰려가서
늦은 시간까지 옆집 안방 차지하고 〈윤지경〉 연속극을
시청하곤 했다.

지금은 상상하기조차 어렵겠지만
그때는 그랬다.

동네 사람들이 편안히 시청할 수 있도록
집주인들은 안방까지 내어주고 그랬어.
그때는 다들 그렇게 인심 내고 살았어.

전깃불이 들어오니
온 동네가 환해지고
늦도록 모여 깡통차기, 숨바꼭질도 하고
밤이 없어진 것처럼 보였다.

지금은 시골도 도심과 똑같아졌다.
인터넷도 되고, 핸드폰도 되고,

도시와 농촌의 문화적 교류도 활발하게 이루어지고 있
다.

어느 날,
태풍이 잦은 거제도에 전봇대가 태풍으로 쓰러져
꼬박 이틀 동안 전기가 들어오지 않은 적이 있었다.
전기가 있다가 없어지니 얼마나 불편하던지…….

편리하게 길들여진 오늘날에
다시 한번 생각해보게 된다.
전기가 없어진다면
어떤 일들이 일어날지…….
생각만 해도 참 끔찍한 일이다.

고등학교는
부산으로 유학을

바야흐로 그때는 1971년.

도시로 공부하러 가는 것만으로도 유학이었다.

방학 때 외할머니 따라 부산에 가끔 와 봤지만

매일매일 전깃불 아래서 책을 읽을 수도 있고

시장이 많아 구경할 곳도 많았다.

무엇보다 더 좋은 것은 은자를 다시 만났다는 것이다.

국민학교를 같이 다니던 은자가

6학년 때 부산으로 전학을 갔는데

같은 고등학교에 두 사람 모두 합격한 것이다.

"옴마나, 은자야!! 우리가 여기서 다시 만났네."

은자가 있으니 부산 생활은 잘할 것 같은 예감.

부산 생활도

조금씩 익숙해져 갔다.

그때는 학교에서 단체로 영화 관람을 갔다.

1학년 때 단체로 〈사운드 오브 뮤직〉 영화 관람을 갔다.

부영극장에서 모여라.

오후 수업은 영화 관람!

그때는 학교 차원에서 단체로 관람했다.

부산 남포동에는 극장이 많았다.

지금도 국제영화제는 영화인의 거리 부산에서 한다.

뮤지컬 영화 〈사운드 오브 뮤직〉

여고 시절의 추억 중 하나다.

너무도 감동적이라 두세 번 다시 관람했다.

배경은 오스트리아.

아내와 사별한 명문 집안의 해군 장교는 7명 아이들의 가정교사가 필요했다.

열 번째로 채용된 가정교사는 음악을 사랑하는 말괄량이 견습 수녀 마리아

군대식으로 경직되어 있던 아버지의 엄격한 교육이

마리아의 음악을 통해 따스하고 경쾌하게 바뀌어 가는 모습을 그리고 있었다.

2차 세계대전이 발발하면서 오스트리아는 독일에게 합병되었다.

독일군 장교가 되라는 징집 명령을 받고

가족은 오스트리아를 탈출할 계획을 세운다.

하류층 출신인 마리아가 사회적인 격차와 역경을 극복하며 폰 트랩 장교와 사랑을 이어가는 장면이 인상깊었다.

영화 속의 음악은 어느 하나 거를 것 없이 참 경쾌해서 듣기가 좋았다. 감시를 피해 마리아가 있던 수녀원으로 몸을 숨기고 오스트리아를 탈출하는 장면 내내 마음졸이며 영화에 빠져들었다.

　마지막 장면으로 알프스 산에 오른 가족들의 모습을 보여주며 영화는 끝이 난다.
　70년대의 이 영화가 지금 영화관에서 다시 상영한다면
　그때의 신선하고 애틋한 사랑을 느낄 수 있을까 다시 궁금해진다.
　사랑의 감정도 시대마다 달라지는 것을……

직장생활은 장승포 제일중고등학교에서

지금은 장승포가 시로 승격되었지만, 그때는 장승포읍이었다.

학교 서무실에서 근무했고 남편도 그때 처음 만났다.

인터넷이 없었으니 입학 시기에는 입학등록금, 3개월마다 공납금을(1년을 4분기로 나누어) 창구에서 직접 받았다.

학교 살림을 맡아서 하고 각종 서류발급도 하는 곳이 서무실이다.

어느 날, 한 졸업생이 졸업증명서 1통과 성적증명서 1통을 발급 받으러 왔다.

증명서 내용에는 성적도 있고 생활기록사항도 있었는데,

좀 보기 좋게 다시 고쳐 써 달라고 했다.

해외 이민을 가는데 남편이 자신의 학교 성적을 보면 부끄럽다고 성적을 좀 올려 써달라고 했다. 기업에 입사원서 넣는 것도 아니니 괜찮을 것이라고 나중에 문제가 되면 책임은 본인이 지겠다는 거였다.

무슨 책임을 지겠다는 말인지 어이가 없었다. 당연히 안 되는 일.

서무과장이 고쳐 써 주라고 말했지만, 딱 잘라 거절했다.

동네 유지(권력자)라고 상급자는 나에게 부탁했지만 거절했다.

직접 만들어 드리라고 말했다.

담당자가 서류를 만들고 담당자 도장 찍고 상급자 도장

을 찍고 직인목록대장에 기입하고 나서야 서류는 완성되고, 외부로 나갈 수 있다.

과장께서도 가짜 서류는 만들지 못했으리라.

직장생활에서
제일 잘한 것 중에 한 가지일 것이다.

공작가 드디어 결혼을 하다.

79년 12월 2일 공작가 결혼을 한다.

부모님께서는 올해를 넘기지 않으시려고 추운 겨울 12월 결혼 날짜를 받았다.

남편도 올해를 넘기면 29세

그때는 남자는 29세 되기 전에

여자는 최대한 이른 나이에 결혼하는 것이 일반적인 생각이었다.

남편을 처음 만난 이야기를 안 할 수가 없다.

내 남편은 외삼촌 군 생활 내무반 군대 동기였다.

외삼촌은 나보다 3살 더 많다.

거제군에서 제일 잘나가는 학생이 외삼촌이었다.

그때는 공부 잘하는 학생이 다른 것도 다 잘했다.

잘나가는 외삼촌을 두었으니 내 어깨도 저절로 으쓱으쓱~~

그 외삼촌이 군대에 가면서 하는 말이

"계숙아, 너는 아무나하고 연애하지 말거라. 내가 좋은 남편감 찾아줄게."

지금은 그냥 지나가는 말이었으리라고 생각하지만 그때는 너무 순진해서 몰랐다.

어느 날, 상병 때 휴가 나오면서 군인 한 명을 데리고 거제도에 왔다.

대구 사람이 거제도 바닷가가 어떤 곳인지 궁금하다고 해서 그냥 데리고 왔을 뿐이라는데

옴마나!!

외삼촌이 이 사람을 내 남편감으로 생각하고 데리고 왔구나 생각했다.

처음 보았을 때가 아직도 기억난다.
머리는 군대 빡빡머리였고, 눈빛이 살아 있었다.
미국 영화배우 율 브린너같다고 생각했다.

둘이서 편지 주고받을 때는 외삼촌은 몰랐고
결혼 말이 나올 때 정작 외삼촌께서는 반대했다.
맞추어 살기에 힘이 들 것이라고

외삼촌의 그 말 잘 새겨들었어야 했는데…….
대륙과 바다가 만났으니 하루도 편한 날이 없었다.
아구아구 ~^^ 통재라!!

그 외삼촌 지금은 하늘나라로 가셨다.

남편을 한마디로 표현한다면

인디언 마을 추장 같은 사람

힘든 사냥 끝나면 잡은 동물 풀어놓고

온 동네가 잔치하며 나누어 먹는 인디언 추장

대구(대륙)

거제도(바닷가)

거제대교가 생기기 전까지는 섬이 아닌 곳은 모두 대륙
이라고 불렀다.

대륙과 섬이 만났으니 성향이 달라도 너무도 많이 달라

맨날맨날 다투는 일들 많았지만,

그럼에도 불구하고

그럭저럭 잘 살아가고 있다.

내 꿈은 서울 가서 사는 거

3장

1980년대

: 공작가 서울에 입성하다.

공작가 서울에 입성하다.

1987년 1월 1일

공작가 부산에서 서울에 입성했다.

큰아들은 3살, 작은아들은 백일이 채 안 되었다.

서울에 자리 잡은 곳은 송파구 방이동 전세 600만 원에
방 1칸이었다.

남편이 출근하기에 편한 곳이었다.

서울에 왔으니 처음으로 지하철을 타 봤다.

유모차에 두 아이를 태우고 성내역에서 지하철을 타고
명동 롯데백화점에 내렸다.

서울 중심이 어떨지 궁금했다.

도시 사람들 살아가는 모습도 보고 싶었다.

'서울 사람들은 참 바쁘게 사는구나.'

땅속에서 움직이는 지하철이 너무도 신기했다.

지하철 칸 대부분의 사람들은 책이나 신문을 읽고 있었다.

'옴마나, 서울 사람들은 공부도 많이 하네.

서울에 살려면 공부도 많이 해야 되는구나.

나도 신문 하나쯤은 구독해야지.'

집에 들어오자마자 조선일보를 신청했다.

한 달 구독료는 얼마 였는지 기억나지 않는다.

서울에 왔으니 서울 사람들처럼 바쁘게 살아야겠다.

　서울에 입성했으니 내가 할 일은 저축을 잘해서 빠른 시간에 내 집을 마련하는 것이었다.

　송파구 시세를 알아보려고 부동산이라는 곳에 처음으로 들어가 보았다.

　지금은 전세기간이 2년이고 계약갱신 청구하면 합쳐 4

년까지도 가능하지만

　그때는 전세계약이 6개월 아니면 1년, 두 가지 중에 선택이었다.

　지방에서는 집을 구하려면 전봇대마다 써붙여 놓은 곳을 일일이 찾아서 집을 찾아야 되었다.

　서울은 달랐다. 부동산에 가야 된다고 했다.

　서울에 와서 처음 놀랐던 경험이다.

　서울 내 집 마련 시세를 알아보니

　방 1칸 전세는 600만 원 안팎

　방 2칸 전세는 1천만 원이 조금 넘었고

　주택 1채 매매가는 1억 원 정도였다.

　이 정도면 불가능하지는 않겠다는 생각이 들었다.

　'아이들에게 아직 학원비는 안 들어가니 80~90% 저축하면 가능하겠다.'

　남편의 그때 월급은 30만 원 조금 넘었으니 30만 원 1년

적금이 가능했다.

그때는 적금 금리가 높아서 은행 이자가 한 달 입금액 정도 되었다.

30만 원 × 12개월 = 원금 360만 원 + 1년 이자 30만 원 = 390만 원

2년 후에 전세 1천4백만 원으로 송파구 잠실1단지 13평 전세로 옮겨가는 데 어려움이 없었다.

순전히 우리 힘으로 가능했다.

'서울 생활도 별거 아니네!'

자신감이 막 붙었다.

'옴마나, 사투리로 말해도 사람들은 잘 알아듣네.

서울말로 안 고쳐도 되겠다.'

40년이 지난 지금에도 서울 생활에 사투리를 쓴다.

괜찮아.

내 집 마련도 그리 오래지 않을 것 같은 예감

좋아~^^

1982년 야간 통행금지가
폐지되다.

　1982년 1월 5일 밤, 6일로 넘어가는 자정부터 야간 통행금지가 폐지된다고
　TV에서 계속해서 뉴스가 나온다.

　통금시간은 밤 12시에 사이렌 소리와 함께 시작되어 새벽 4시경에 해제되었다.
　1945년부터 37년간 지켜온 야간 통행금지가 폐지된다고 하니
　대한민국 국민의 축제일이 분명하다.

　대구 동성로 거리는 가게마다 사람들로 꽉 차서 왁자지

껄했다.

　술 마시며 떠들고 놀다가 감격의 그 순간을 기다릴 심산이었다.

　어젯밤 통금시간 12시에도 사이렌이 울렸고
　거리 골목마다 경찰들의 호루라기 검문이 있었다.

　검문에서 잡힌 사람들은
　경찰서에서 밤을 지새고 아침이 되어야 경찰서에서 나갈 수 있었는데…….
　이렇게 새로운 세상이 시작되는구나!

　지금 울리는 이 사이렌 소리가 어제 12시에 울리던 것과 같은 사이렌 소리인가?
　다르게 다가오는 이 기분은 뭐지?

　가게를 박차고 뛰어나가며 "대한민국 만세!" 환호를 질렀다.

해방이라는 게 이런 기분이구나.

일본에게 35년간 억눌려 있다가 해방된 광복절에도 이런 기분이었을 거야.

그냥 기분이 새털처럼 가볍고

히죽히죽 웃음이 나온다.

오늘부터 기차도 고속버스도 밤늦게까지 운행된다고 한다.

마비되어 있던 세상 반쪽이 다시 움직이는 것 같았다.

야간 통행금지 폐지를

현장에서 직접 경험함으로

세상을 바라보는 확장성도 생겼고

오대양 육대주 세계지도에

관심을 가지는 계기도 되었다.

인생은 호롱불 같은 것

조심조심 조마조마 마음졸이며
귀한 첫아들을 낳았다.

결혼한 지 5년 만이다.
어렵게 임신하고 열 달동안 조심조심 애썼다.

아들은 양력으로는 어버이날,
음력으로는 석가탄신일에 태어났다.

호롱불의 불이 꺼질까봐 조심하는 것처럼

조심조심
조마조마
자식 키우는 그 마음으로
사는 게 인생인 듯하다.

1988년 서울올림픽

1988년 9월 17일~10월 2일까지

스포츠를 통한 동서의 화해 서울올림픽이 잠실벌에서
열린다고 한다.

700미터 정도 거리에 있는 올림픽 주경기장 축제 분위
기는

바로 내 집까지 전해지고 있었다.

제주도에 도착한 성화는 9월 17일 아침 시청 앞 광장을
시작으로

잠실올림픽 주 경기장으로 봉송되었다.

손기정 선수가 성화봉송을 시작하여

최종주자 임춘애 마라톤 선수가 성화대에 불길을 옮겨
붙였다.

지구촌의 모든 사람이 참여하는 화합의 큰 마당

참가국은 160개국

그리스를 선두로 선수단 입장!!

입장 순서는 가나다순

개최국 대한민국은 마지막에 입장하고 있었다.

경기장에 울려 퍼지는 노래 〈손에 손잡고〉

마스코트는 호돌이

올림픽 굴렁쇠 국민학교 소년

40년이 되어가는 지금

올림픽 굴렁쇠 소년도 중년이 되었겠다.

귀엽고 늠름한 굴렁쇠 국민학교 소년

그때 지켜보는 우리들의 마음은

굴렁쇠 굴리다가 혹시라도 실수할까 봐
참 조마조마했었다.

짧은 6~7년의 준비기간이었지만
성공적인 올림픽 진행에 세계는 놀랐다.
대한민국의 저력
종합성적까지 역대 최고 4위라네
참 대단한 대한민국

'뭉치면 산다.'라는 것을 잘 알고 있는
대한민국의 DNA입니다.
대한민국의 저력입니다.

송파구
볼링 대표선수로 뛰다.

볼링선수 팀 이름은 〈흑장미〉

참 유쾌한 이름이다.

백장미 아니고 흑장미라꼬?

흑장미 선수는 4명이었다.

두 사람은 잠실 장미아파트에 살았고

한 사람은 잠실시영아파트, 나는 잠실주공1단지.

40년 전 우리들은 진보라 볼링스커트에 하얀색 티셔츠
를 맞추어 입었다.

볼링공 색깔은 빨주노초 무지개색으로 맞추었다.

세 사람은 공을 두 개씩 갖고 있었다.
나는 11kg이 최대였지만
세 사람은 12kg 이상을 들었다.

장미볼링장 4층에 매일 모여 볼링 굴리며 놀았다
봄, 가을에 서울시 25개 구 볼링대회가 있을 때는
잠실 장미볼링장에서 대회가 열렸다.
굴릴 때마다 차례대로 스트라이크!!
"흑장미 파이팅!!"

그때의 〈흑장미〉 참 잘나갔다.
25개 구 대회에서 1등도 여러 번 했는데
지금은 그대들 어디에서 무얼 하고 있는지
그때의 흑장미를 지금도 기억하는지
그때의 우리 나이는 30대였는데

2000년도로 바뀌면서 볼링이 시들해졌지만
80~90년에는 사람들이 만나면

"볼링 한 게임 하자."

그런 시절이 있었다.

70~80년대 당구장을 좋아했던 것처럼….

시간은 흐르고

역사도 흐른다.

그대들 지금은 무얼 하고 지내는지 궁금하다.

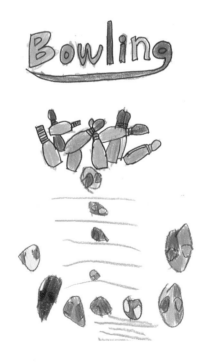

내 꿈은 서울 가서 사는 거

1990년대

: 공작가 생애 첫 내 집을
마련하다.

공작가 생애 첫 내 집을
마련하다.

바야흐로 1992년, 생애 첫 내 집을 마련했다.

결혼한 지 13년 만이다.

2백만 원 깎아 1억1천만 원, 잠실 1단지 13평. 방은 두 칸.

내 손으로

내 집을 마련하고 나니 서울 생활에 빵빵하게 자신이 붙

었다.

　사람들이 평균적으로 내 집을 마련하는 기간이 13~14

년이라고 한다.

전세가 4천 3백만 원(가스보일러로 고쳐 놓은 집)

현금이 6천만 원 조금 더 있으면 되겠다.

가능했다.

대한민국에만 있는 전세라는 지렛대는

내 집을 마련할 수 있는 최고의 방법이다.

재건축으로

재테크 생각하면서

내 집도 마련했다.

탁월한 선택이었다.

마흔 나이의 반환점에서

세월 지나 시간을 되돌려서 오늘은 과거로 가보고 싶다.

내 나이 마흔 즈음에서 되돌아본다.

예전에는 스키도 많이 탔다.

주중에는 용인 양지스키장

주말에는 용평스키장

한 달 리프트권 끊어놓고 방도 잡아놓고

스키 배운다고 열정 쏟았던 거

그때 그 에너지는 어디에서 나왔었는지…….

앞만 보고 달렸던 젊은 날은 무서운 것도 없었다.

하면 되었고, 성과도 있었다.

자신만만 뿜뿜!!

마흔 나이가 되니 모든 것에 자신이 없고 주눅 들고 세상이 두렵다.

세상을 너무 많이 알아버린 탓일까?

요즈음 그 열정은 어디로 사라졌는지…….

예전보다 쉽게 지치고 안주하려는 것 같다는 생각이 든다.

살아 온 시간과

살아갈 시간이 교차하는

마흔 나이의 반환점에서

다시 옷깃 여민다.

행복하게 뛰놀던
그때 그 아이들

여섯 남매
올망졸망 자랐습니다.

서로서로
업어서 키웠습니다.

서로서로
위안 주고받으며 성인이 되었습니다.

지금은
모두가 아름다운 중년이 되었고

알콩달콩 금빛 나는

노년을 준비하며 잘 살고 있습니다.

-내 동생들과의 아름다운 추억을 그리며-

내 안에 성장의 욕망이
있음을 발견하다.

남편이 회사에서
승승장구
차장이 되고 전무이사가 되었다.

뭘까?
지금 내 이 마음은…….

괜스레 눈물이 났다.
벽에 걸려있는 긴 거울에 나를 비춰본다.
'이 모습은 내 모습이 아닌데…….'
핏기없는 얼굴로 낯선 사람이 서 있네.

근처에 살고 있는 선희를 만났다.

여고 3학년 때 같은 반 책상 옆 짝궁

서울에 이사 오자마자 길에서 우연히 만난 친구

"선희야, 내 남편은 회사에서 승진도 계속 잘하고 잘나가는데

나는 해 놓은 것도 없고

그 날이 그 날…….

뒷걸음질만 치고 살고 있으니 힘이 많이 빠진다."

"너는 무슨 그런 생각을 하니?

남편이 전무이사 되었으니 사모님도 되었고 좋은 거지."

라고 선희가 말해 주더라.

시간은 많이 흘렀다.

차츰 그때의 내 마음을 알게 되었다.

'내 안에 성장의 욕망이 있었음을.'

내 꿈은 서울 가서 사는 거

5장

2000년대

: 공작가 성공의 꽃을 꽃병에
꽂아라.

공작가 성공의 꽃을 꽃병에 꽂아라.

오늘은 남편에 대한 이야기를 하고 싶다.

남편은 중소기업에 88년도에 주임으로 입사했다.

14년 만에 대표이사가 되었다.

집안의 경사였다.

대표이사로 승진하는 것을 보고, 그때 이해하게 되었다.

'오너란 그렇게 해야 되는 것이구나.'

그 많았던 시간들

새벽에 나가고, 새벽에야 들어오며

열정 바쳐 직원들만 챙기며,

주말마다 직원들이랑 몰려다닐 때마다

섭섭하고 서운해서 눈물 글썽이던 많은 날들.

겨울에는 스키장

여름에는 여행

단합대회도 회식도 왜 그리도 많았던지…….

14년 만에 대표이사 계급장 다는 걸 보고

그때서야 알았다.

남자들도 직장에서 힘들다는 것.

집에서 자식 키우는

나만 힘든 줄 알았고

남편은 맨날 노는 줄만 알았다.

대한민국은

2002년 월드컵 4강을 달았고

내 가정은

2002년 대표이사 계급장을 달았다.

성공의 꽃을

꽃병에 꽂아놓고 오늘을 자축한다.

어버이날에 부모님을 생각하면서

　지인이 선물한 신경숙님의 장편소설 〈엄마를 부탁해〉
를 읽었다.
　가슴이 짠해지는 우리들의 어머니, 아버지 이야기였다.

　자식들 집에서 칠순 생일을 맞기 위해 올라온 노부부
　가부장적인 남편은 늘 그랬던 것처럼 훠이훠이 팔 흔들며
앞장서고 있었고, 아내는 종종걸음으로 뒤따르고 있었다.
　그때 마침 역사에 지하철이 들어왔고, 남편은 급히 혼자
지하철을 탔지만 아내는 타지 못해 영영 이별하게 된다.

　그때부터 시작되는 가족들의 후회와 회환이 가슴시리
게 잘 표현되어 있다.

서울역 지하철 역사에서 동행하던 남편을 놓친 뒤 길을 잃고 사라져버린 칠순의 늙은 엄마.

텅 빈 고향 집으로 내려가 아내를 기다리고 있는 무력한 늙은 아버지…….

전단지를 들고 서울 거리를 헤매고 다니는 큰딸이 첫새벽에 아버지에게 전화를 건다.

따르릉……따르릉……

딸의 눈물이 소리 없이 흐르고, 아버지의 얼굴도 눈물범벅이 된다.

수화기 줄을 타고 흐르는 딸의 눈물은 우리 모두의 눈물일 것이다.

나도 어릴 때는 내 어머니는 늘 강한 사람이라고 생각했었다.

아버지가 먼저 돌아가시고,

홀로 계시는 어머니를 바라보면 한없이 가엾다.

'저분이 예전에 그렇게도 억세고 강하셨던 내 어릴 때의 어머니였나?'

자식들을 키우실 때의 부모님은 늘 우리의 방패가 되어 주셨고, 우리의 등불이셨다.

자신의 고독과 수고를 몰라준 가족들에게 단 한 번의 원망도 하지 않았다.

평생을 가족에 대한 헌신과 배려, 고단한 노동으로 채워온 엄마에게, 우리는 얼마만큼 감사하고 살았던가?

엄마는 처음부터 엄마로 태어난 사람도 아니고, 가족 노동의 무한 대리인도 아니며, 가족을 향한 마르지 않는 화수분도 아니다.

지금은 내가 부모가 되었으니 내 부모님처럼 내 자식들의 길에 등불이 되고자 한다.

우리가 부모님을 이해하고, 사랑하고 돌볼 수 있는 시간이, 아직 남아 있음에 감사드린다.

어버이날에 부모님을 생각하면서……

연두빛 수채화 그림과의 동행

수채화 그림을 시작했어요.

평소에 하고 싶었지만

사전에 계획하지는 않았어요.

문화센터에 갔어요.

프로그램 남은 것이 수채화밖에 없었어요.

등록을 했고 2009년 2월에 시작했어요.

그림을 그리다 보니

마음에 들었습니다.

나는 연두빛을 좋아합니다.

연두빛 수채화 그림과의 동행

끝까지 하겠습니다.

작은아들 고등학교 축제

작은아들이 고등학교 축제에 엄마 아빠를 초대했다.

한 학년이 끝나기 전의 늦은 가을 축제로 학교 강당은 벌써 사람들로 꽉 차 있었다.

1학년 14반 친구들이 강당으로 모두 몰려와

부모님들과 인사 나누며 축제 분위기를 한층 더 띄우고 있었다.

선생님들께서도 학부형들과 반갑게 인사나누는 모습이 여기저기에서 보인다.

'담임선생님께서 일일이 학부형 찾아 인사드리라고 가

르치셨나?'

예절 바른 아이들의 모습이 보기에 참 좋았다.

내 아들은 연극을 했다.
"아 맞다!! 맨날 방과 후에 친구랑 같이 학교에서 연극 연습 한다고 그랬지."
남편과 소곤소곤 이야기했다.

셰익스피어 작품 〈한여름 밤의 꿈〉
5대 희극 중 하나다.

아들은 주인공 드미트리어스 역이었다.
엇갈린 네 연인들의 사랑과 갈등이 우여곡절 끝에 해결 된다는 내용이었다.

양복 정장을 차려입고 하얀색 와이셔츠에 넥타이도 단 정히 맨 작은아들
'아들이 입은 저 양복이 아빠 양복인가? 내가 챙겨주었나?'

기억도 안 난다.

아들은 젊은 청년 신사로 멋있게 변해 있었다.
'저 많은 어려운 연극 대사들을 어떻게 다 외웠을까?'
공부도 열심히 하지 않는 아들인데 참 신기했다.

　오늘 연극 하는 거 살펴보면서 뭔가 느껴지는 그런
거⋯⋯. 부모만이 알아보는 그런 거⋯⋯.

아들의 강인함을 보았다.

무대에 꽉 차는 목소리, 객석을 사로잡는 시선 처리

그리고 자신감!

아들아, 너에게 풀뿌리 같은 강한 모습이 있었구나.

어디에 내어놓아도 인생 살아가는 데 어려움은 없겠다.

됐어, 내 아들.

그 정도면 됐어. 최고야.

아빠 닮았어.

내 큰아들의 퇴소를 축하한다.

아침 일찍 까치의 지저귐을 듣고 잠자리에서 일어났다.

아파트에 살고 있지만 베란다에는 매일 까치도 찾아오고, 장독대에 화단도 있다.

장독대 화단에서 꽃에 물을 주다가 논산훈련소에서 훈련받고 있는, 큰아들의 전화를 받았다.

"어머니, 건강하시죠?"

듣는 순간 깜짝 놀랐다.

늘 엄마가 챙겨야 하지만, 내 아들은 항상 엄마의 건강을 물어주곤 한다.

훈련을 잘해서 상을 많이 받으면, 전화를 걸 수 있는 행운이 주어진다던데…….

  지난주 토요일엔 아빠가 전화 받았고, 오늘 토요일은 내가 받았다.
  기쁘고 예쁘지 않을 수 없다.
  두 살 터울 동생도 꼭 챙기고, 참 자랑스럽고 대견하다.

  엄마를 꼭 닮아 도덕적이고 성실한 내 아들아,
  이 험한 세상 살아갈 때는 얼렁뚱땅 눈치껏, 쉬운 쪽으로 줄서서 살아가는 것도 배워라.

  내 두 아들은 엄마보다는 아빠를 닮으면 좋겠다.
  너희들이 남자이기 때문이다.
  아빠는 주임으로 입사해서 대표이사 직함까지 달았다.
  지금부터는 아빠만 닮아라.
  엄마는 인성교육을 했고 이제 험한 세상 살아가는 일은 아빠에게서 배워라.

내 며늘아기는, 나를 닮으면 좋겠다.
세상이 아무리 바뀌고 또 바뀐다 해도,
여자는 여자인 자리에 있을 때의 모습이 아름답더라.
내 며늘아기는 그랬음 좋겠다.

퇴소하는 2009년 6월 11일을 위하여
화단에는 화초들이 너를 기다리고 있고
가족 모두가 손꼽아 건강한 너의 모습 기다리고 있다.
6월 27일 토요일 가족 등산 청계산에서,
훈련으로 단련된 모습 보여주거라.

　결혼한 지 5년 만에, 어버이날에 태어나 부모에게 큰 선
물 주었던 내 아들,
　학교 다닐 때는 공부 잘해서 자랑이었고,
　반듯하게 잘 자라주어서 기쁨이었으며,
　대학 졸업하자마자 임용고사 합격해서,
　초등학교 교사가 된 것도 많이많이 고맙고,
　우리 함께 가족이라서 참 감사하고 행복하다.

학기 때마다 장학금 받아 오는 내 작은아들

작은아들 막내야.

형 결혼문제로 온통 마음이 한쪽으로 쏠려져 있는 이 때에,

내 작은아들 막내에게 또 큰 기쁨 받으니 참 감사하다.

학기 때마다 장학금 받아서 기쁨 주었고,

순간순간 1등 먹어서 행복 주는 기특한 내 아들.

어디에든 참가하면 상 받아오는 내 아들,

언제 또 서울메트로 시민노래자랑에 나갔던지

얼굴 사진 지하철 역내마다 붙었다고 하니,

역시 인물은 잘나고 볼겨!

　아빠 닮아 미남이고, 엄마 닮아 반듯한 내 아들,

　이번 장학금은 135만 원, 지난번에 120만 원보다 더 많이 받았네. 수고했다.

　성적 평점이 4점을 넘으니 또한 사랑스럽고 고맙다.

　버릴 것 하나 없는 알토란 같은 내 아들, 언제나 건강하고 행복하고 밝게 자라거라.

　엄마인 나, 고향 거제도 작은 섬마을에 태어나 자랐다.

　지금은 서울 한복판에서 어려움 없이 잘 살고 있다.

　남편 또한 대표이사로 성공했고, 내 두 아들 반듯하게

잘 자랐다.

대학원 석사과정에서 하고 싶은 아동-청소년 공부도 하고 있으며,

금빛나는 아름다운 노년을 준비하고 있다.

모두 모두에게 감사하고 행복하다.

사랑하는 내 아들 건강하거라.

큰아들 상견례

오늘은 큰아들 상견례날.

상견례라는 중요한 약속을 정하는 것은 내 생애 처음이었다.

서로 약속을 잡고, 장소를 정하고,

이런저런 준비를 하다 보니 어느새 시간이 쏜살같이 흘렀다.

시간에 늦을까 봐 부리나케 도착했다.

긴장된 마음으로 예비 사돈을 처음 만났다. 두 분도 나처럼 긴장된 표정이었다.

처음에는 어색했지만, 사돈 두 분의 산뜻한 첫인상과 서글서글한 웃음에 금세 편안한 분위기가 되었다.

상견례 자리에서 놀란 일이 있다.
안사돈과 내가 성씨가 같다는 것.
마치 자매같이 이름 한 글자만 다르다니 참 신기했다.
사랑하는 우리 아이들을 인연 삼아 만난 것이라 생각하니 마음이 따뜻해졌다.

가족들에게 기쁨을 주시고
향기를 남기시고
기억을 새기게 하시는

두 분의 삶이 참 아름답습니다.

동해안을 다녀와서

- 우리 오늘은 여기에서 행복하자 -

2006년 작은아들 논산 군입대 일주일 전에 서해안 쪽
으로 자동차로 가족 여행을 했다.

작년에는 큰아들이 임용고사에 합격한 기념으로 사이판
여행을 계획했다.
그렇지만 주인공인 큰아들의 신규발령 워크샵과 겹치
는 관계로 세 사람만 다녀왔다.

네 사람 모두 가족 여행을 가는 2009년 10월 10일 오
늘은 큰아들의 결혼을 맞아 '함'이 들어가는 날이다. 겸사

겸사 3년 만에 여행을 떠난다.

　우리는 아침 일찍 서둘러 포항으로 출발했지만 점심시간을 훨씬 넘긴 오후 3시, 포항 천마 새색시 집에 도착했다.
　평소에도 포항을 여러 번 오다가다 지나쳤었지만 오늘따라 네 사람은 포항이란 새로운 가족의 도시에 아름다운 추억을 새기고 있었다.

　큰아들과 작은아들이 새색시 집에 '함'을 들고 들어갔는데 왜 이리 깜깜 무소식인지 원 참~
　엄마는 아주 궁금해 죽겠는데…….
　둘이 먹다 옆에서 한 사람 죽어도 모른다는 맛있는 포항음식들도 많다는데…….

　'포항 사돈은 딸이 있으니 참 좋겠다.'

　살짝 질투하면서…….
　궁금한 것 잠깐 뒤로하고 주변에 있는 '오어사'로 향했다.

"이 이름이 맞던가?"

"맞을 거야. 내 기억에 '오'자, '사'자가 들어갔었어."

오르는 등산로에는 아마추어 마라토너와 여인네들이
총총히 보였다.

뛰는 사람, 걷는 사람, 땀을 뻘뻘 흘리며 연신 수건으로
땀을 닦아내고 있었다. 적당한 곳에 주차를 하고 물 따라
길 따라 쭉 올라가니, 남자 세 사람이 색소폰 연주를 하고
있었다. 맞지 않는 화음이 들쑥날쑥 별로였지만 가을 전
경 덕분에 그나마 소음은 아니었다. 악보대 앞 길다란 통
에 〈장애인돕기〉라고 쓰여 있었지만, '연습할 곳이 적당
치 않은 이들이 여기에서 연습하는구나.' 생각했다.

오어사 대웅전 앞 억센 자갈 돌밭.

와작와작 발자국 소리가 방문객들의 귀를 어지럽히고
있었다.

바닥에 깔린 자갈들이 빤짝빤짝 빛나는 까만 내 하이힐
에 사각사각 흠집을 내고 있었지만, 아름다운 가을 정취

에 빠져 별로 개의치 않았다.

"자기야, 제일 좋은 곳으로 골라서 포옴 잡아 봐."

"그래, 여기서 한 장 찍자."

김치~~ 한 카트 찰칵!

"잘 안 나오면 어쩌지?"

"그렇네."

한 카트 더 찰칵

따르릉 따르릉 "빨리 내려오세요." 호출이다.

오어사를 내려와 점심 겸 저녁 식사는 포항 가족과, 바닷가에서 일곱 명이 함께 했다.

식탁 언저리까지 밀려오는 연방 잡힐 것 같은 파도가 나의 동심을 자극했다.

멀리 바라보이는 포항제철 야경은 고향 거제도에 온 듯했고, 뽀얗게 소리내며 부서지는 파도가 오늘따라 경쾌하다.

〈바다원〉에서 저녁 식사를 끝낸 우리 네 명은 귀한 사람들을 뒤로하고 바닷길 따라 쭉 영덕까지 이동했다.

30년 전 남편 친구가 영덕 보안대에 근무할 때 초대되어 간 적이 있었는데 그곳이 어디쯤인지…….

그 친구 처가집이 이쯤에서 회 식당을 했었는데…….

그때 진수성찬 대접받았었는데……. 지금은 아주 찾을 수가 없네.

"여장을 우리 이쯤에서 풀까?"

남편이 말했다.

십만 원에 일만 원 깎아준다네. 그럼 구만 원.

우리 가족 모두는 협상의 귀재들인가?

그 이름도 행복펜션이라네.

Happy라는 상큼한 기분이 내 머리를 맑게 했다.

테라스에 앉으니 밀려오던 파도가 내 발끝에 와서 부딪

치네.

짭조름한 바다내음이 바닷가 언덕 위에 있던,

나 어릴 때 부모님과, 여섯 남매와 올망졸망 함께 살던 빨간 슬레이트 집을 떠올리게 했다.

두 아들 오늘 '함' 드느라 애썼다.

엄마 시절 함진아비 이야기 하나 할까?

30년 전 엄마아빠 결혼할 때 아빠 친구 두 명은 함진아비를 자처했었다.

대구에 살던 두 사람은 거제도 섬이 너무도 궁금했었다네.

추운 겨울이었으나 꼭두새벽에 일어나 대구에서 기차를 타고, 다시 여객선으로 갈아타고 거제도 '목섬마을'에 오전 일찍 도착했다.

그날은 일요일이었다.

함진아비들은 그날 '목섬마을'에서 최고로 유명한 연예인 인기를 누렸다.

잘 생긴 훈남 두 사람은 지금의 영화배우 '권상우', '신현준' 같았다.

그중 한 명은 결혼을 해서 두 아들을 두고 있었다.

그래서 친할머니는 아들이 있다는 것에 점수를 더 주었다네.

딸보다 아들을 선호하던 1970년대……. 지금은 이해가 될까?

함진아비들은 신부집 대문 30미터쯤을 남겨놓고

40가옥 마을을 향해 입에 확성기처럼 손을 모으고 연신 소리를 질렀다.

"함 사세요 함…… 함 사세요 함……."

마을이 시끌벅적, 사람들이 몰려나왔다.

함진아비는 청사초롱을 두 손에 들고 있었다.

또 한 명은 흰 광목천으로 멜빵을 만들어 함을 등에 지고 있었다.

얼굴에는 마른 오징어를 덮어쓰고 구멍을 두 개 뚫어 눈만 보이게 하고……. 참 가관이었다.

　지폐를 한 장씩 밟아야만 발을 옮기겠다네.

　천 원짜리 오천 원짜리 아무것이나 한 장씩 밟고 처음에
는 발을 움직였다.

　대문 20미터 정도 남겨놓고는 만 원짜리를 놓아야만 발
을 움직일 거라네…….

　마을 총각들이랑 실랑이를 계속 하고 있었고, 예비신랑
은 얼굴이 빨개져서 옆에 서 있기만 했어.

　실랑이하던 마을 총각들은 계속 떼쓰던 함진아비 두 사
람을 들어서 업고 안방에다 냅다 던져 놓았다.

　아이고 허리야 다리야 소리지르고 난리치더니…….

　큰 잔치상이 방에 들어오니 금방 막걸리 주고받으며 형
아우 부르며 막걸리 술잔 돌리더라.

　그 시절에는 함진아비를 안방까지 데리고 들어가는 것이
　동네 사람들의 큰 재밋거리이기도 했다.

세월은 많이 흘렀고, 지금은 즐거운 추억들이 되었다.

우리 오늘은 여기에서 행복하자.

잘 자.

좋은 꿈 꿔.

큰아들이 결혼하는 날

오늘 2009년 11월 1일은 큰아들이 결혼을 하는 날.

참 감개무량합니다.
이럴 때를 감개무량하다고들 하는지요?
구름처럼 많이 오신 축하객 덕분에 제 마음도 뭉게뭉게
피어오르기 시작했습니다.

바쁘신 가운데서도 오늘 이 자리를 빛내 주신 하객 여러
분들과 훌륭하신 주례님과 멋진 사회자님께도 거듭거듭
감사드립니다.

결혼해서 5년 만에, 어버이날에 태어나 저희 부부에게

큰 선물 주었던 장남이 오늘 결혼을 합니다. 많이 오셔서 축복해 주시니 또한 감사합니다.

  손을 놓으면 놓칠세라 다칠세라 손에서도 눈에서도 떼지 않고 고이고이 키웠습니다.
  얼굴이 통통하고 오른쪽 볼에 보조개가 들어가며 깔깔거리던 하얀 웃음은 저희 부부를 참 행복하게 했습니다.

  5살부터는 잠실에 있던 한영유치원에 다녔습니다.
  그림이 전공이시던 원장님과 음악이 전공이시던 부원장님의 영향을 받아서인지 그림도 수준급이며 기타 연주 실력도 훌륭하답니다.

  초등학교에 들여보내고부터는 강하게 키웠습니다.
  학교에 준비물 챙겨가지 않았을 때 갖다주지 않았고, 비가 내리는 날 우산을 챙겨가지 않았을 때도 하교 시간에 갖고 나가지 않았습니다. 실내화는 제 스스로 빨게 하였고, 준비물과 책가방 정리, 숙제도 혼자 하게 했습니다.

그래서인지 책임감 있고 모든 일 스스로 하며 공손하고
밝고 긍정적으로 잘 자랐습니다.

그렇게 자란 나의 분신이 이제 홀로 세상 밖으로 발을
내딛고자 합니다.

초등학교에서는 키가 큰 편이었습니다.

입학시켰더니 뒤에 앉은 아이와 무슨 이야깃거리가 그
리도 많았던지

선생님은 교단 앞에서 수업 중이었지만, 아들은 뒤에 앉
은 아이와 수업 중이었습니다.

그것을 바로잡는 데 담임선생님과 제가 꽤 고생했습니다.

그때 처음 만난 초등학교 1학년 4반 담임선생님께서는
지금은 교장선생님이 되셨고 오늘 이 자리를 빛내 주셨습
니다.

중학교는 전학을 시켰지만 걱정했던 것과는 달리 친구
들과도 잘 사귀고 적응도 잘했습니다.

고등학교는 역사가 100년이 훨씬 넘는 유서깊은 학교에 입학을 했습니다.

부반장을 하며 담임선생님들과도, 친구들과도 사이가 좋았습니다.

고등학교 2학년 때 저에게 '초등학교 선생님이 되고 싶다.'고 말했을 때 저는 안 된다고 펄쩍 뛰었습니다.

'남자가 희망을 크게 가져야지, 무슨 초등학교 선생님이냐.'라고 말하며 말렸지만 그에게는 큰 꿈이 있었고 고등학교 때부터 리더십을 익히면서 점차 선생님의 길을 스스로 준비하고 있었습니다.

그리고 대학에 갔습니다.

일반대학에 합격했지만 한 번 더 입시를 보고 교육대학에 들어가겠다고 말했습니다.

그는 다음 해에 모두들 들어가기 힘들다는 교육대학교에 당당히 붙었고 입학했습니다.

제가 지금까지 한 일들 중에서 잘했다고 생각되는 것은

아들이 하고 싶어하는 일을 허락했다는 사실입니다.

대학교 1학년 때는 돈 5만 원과 기타 하나 들고 친구와 둘이서 보름 동안 제주도를 제외한 전국 일주 무전여행을 다녀왔습니다. 마지막 날 6월 26일, '부산 큰이모집에 잘 도착했으니 자고 내일 서울로 올라가겠다.'는 연락을 받고 마음 뿌듯했습니다.

삶의 현장을 직접 다녀보면서 깨닫고 알아가려고 애썼던 그의 대견한 모습이 참 고맙고 사랑스러웠습니다.

지금은 초등학교 선생님이 되었고 신부도 초등학교 선생님입니다.

그가 사랑하는 신부는 대학교 동아리 후배이며, 올 2월에 졸업하고 3월에 임용된 새내기입니다.

그녀 역시 훌륭하신 부모님과 좋은 환경에서 긍정적이고 밝고 예쁘게 자랐습니다.

귀하고 예쁘게 자란 딸을 저희에게 보내주신 포항 사돈께도 감사하고 사랑합니다.

우리 서로 딸, 아들 얻었다고 생각하도록 합시다.

현명한 아이들 믿고 지켜봐 주시면 반드시 자신의 몫은 하고 살 것이라 확신합니다.

오늘 결혼식은 아주 사소한 것들까지도, 그들에게는 소중할 터이니
부디 예쁘게 지켜봐 주시고 따뜻한 시선으로 격려해 주시면 감사하겠습니다.
작은 것들이 모여서 큰 것이 된다는 교훈도 함께 전해주시면 고맙겠습니다.

하객 여러분 정말정말 감사합니다.
사랑하는 너희들,
건강하고 행복하게 잘 살아라.

새 가족을 환영한다.

　24년 곱게 키운 딸 하나, 무남독녀 외동딸을 우리 가족으로 보내주신 포항 사돈 두 분께 먼저 감사 인사를 드립니다.

　어느 부모 내 자식 귀하지 않은 이 있을까.

　어느 부모 내 자식 손해본듯한 아쉬움 없는 이 있을까.

　누군가 결혼은 하늘에서 내려준 인연이라고 했었다.

　참으로 묘한, 많지 않은 사돈 간의 인연으로 만나,

　낯설지 않은 시작으로, 한 가족 이루어지게 맺어준 모든 분들께 감사드린다.

시부모에게 잘해야 된다는 부담감으로 애쓰지 않아도 된다.

부모라고 해서 모든 걸 다 잘하는 것은 아니란다.

너희들보다 오래 살았기 때문에, 경험으로부터 삶의 지혜가 더 묻어있을 뿐이다.

항상 부모와 소통하고, 부모님께 더 가까이 다가오는 며느리가 된다면

새 가족은 부모님께 사랑받을 것이고, 부모님은 새 가족을 사랑하게 될 것이라고 확신한다.

어른이 된다는 마음의 성숙을 준비하거라.

결혼은 꿈이 아니라 현실이거든.

연애는 책임이 따르지 않고 아기스럽지만

결혼은 어른으로서,

책임과 의무와 동시에 지혜롭게 일 처리해야 할 삶의 현장이다.

사랑받는 사람은 사랑받을 짓을 한다는 말도 있더라.

내 Family 나무에 잔가지가 하나 더 새순을 틔웠고,

물과 바람과 햇빛의 시행착오도 많겠지만

가족이라는 위대한 이름으로 잘 가꾸어 나가도록 하자.

우리 집 며늘아기는 복덩이

오늘 남편이 골프에서 홀인원을 했다.

평생에 한 번 있을까 말까 하다는 Hole-In-One.

골프공을 120미터 멀리에서 홀컵만 바라보고 쳤는데

굿 샷!

하얀 공이 창공을 날아올랐다.

공이 잔디에 안착하고 두 번 튀어오르더니 홀컵 안으로
단숨에 쏙 들어갔단다.

홀인원 공이 홀 컵 안에 들어가는 장면을 보는 것만으로도 행운이 온다는데…….

　우리 가정에 축복도 함께 왔구나.

　아내 생일날 남편이 홀인원!!

　우리 집에 시집온 내 며늘아기가 복덩이구나.

　골프친 지 수년이 지났지만

　내 며늘아기가 들어오고 나서 바로 셋째 날 남편의 첫

홀인원이라…….

　일요일에 결혼식을 하고 오늘 수요일에 신혼여행중인 내

며늘아기와 내 아들에게 이 기쁜 소식을 빠르게 전했다.

　모두들 환호성! 박수! 박수!

　내 가족 모두들 하나같이 제 몫을 하면서 살고 있구나.

　우리 오늘도 행복하자.

내 며늘아기의 생일

우리 며느리 생일이라는 말을 듣고, 내 가족이 늘었다는
사실을 다시 떠올렸다.

11월 11일은 젓가락 day, 11월 12일은 숟가락 day

우리 며느리는 숟가락이구나.

생일은 부모님께 감사하는 날이란다.

포항 부모님께 감사하다는 말씀 꼭 전화드려라.

항상 밝고 건강하고 감사하면서 살아라.

어려운 일이 생겼을 때 꼭 부모님께 연락하고,

월요일에 만나서 생일 축하하자.

나는 다음 주 금요일 20일 석사학위 전공 시험 두 과목
이 있다.

두문불출 열심히 공부하는 중.

우리 오늘도 행복하자.

사돈 두 분께

자식에 대한 애틋한 사랑을 이 세상 어디에다 비할 수 있을까요?

이 세상 어떤 것에도 비할 수 없습니다.

신혼여행에서 돌아온 아이들, 서울에 내려놓고 돌아서시던 그 모습.

딸에 대해서 아빠가 더 아련해하시던 그 모습.

살짝 반짝이던 포항 부모님의 눈 이슬을 보았습니다.

사돈 두 분 아이들 너무 걱정하시지 마세요.

아이들 잘하고 있습니다. 믿고 지켜봐 주세요.

아직 어린 아이들에게

지금은 부모가 힘이 되어주고, 좌표가 되어주고, 뿌리내
릴 수 있도록 울타리 되어주고

세월이 참 많이 많이 흘러 이십 년 후쯤에

아이들이 사십 대가 되고,

부모가 칠십을 넘기게 되고,

부부 중에 한 사람 먼저 가고,

이 세상에 혼자 남겨졌을 때,

아이들이 우리 두 가정에 버팀목이 되어주고, 힘이 되어
주리라 믿습니다.

포항에서 오늘은 아이들과 즐거운 시간 가지시고,

시간 되실 때 서울 한번 다녀가십시오.

사돈이 사위에게 보내는 편지

    딸의 결혼식이 임박할수록, 어떤 운명의 힘 앞에 선 듯한 경외감이 느껴지는 것은 왜일까?

    내 비록 지혜롭진 못하지만 세상을 먼저 살아본 경험자로서

    '결혼'의 깊고도 지속적인 의미를 조금은 알기 때문일 것이다.

내 딸이 선택한 유일한 사람,

내 딸을 선택해준 어여쁜 사람 송서방!

오늘 이렇게 자네가 내 사위됨을 만천하에 고하노니

천하의 기운이 자네에 거하여 만사형통할 것이다.

무릇, 사랑은 아름답다고 하지만

서로를 위한 아픔과 기꺼운 희생이 어우러져야 진정 아름답다 할 것이다.

편한 사이일수록 서로 공경하고, 불신보다 신뢰를 쌓아가며 머리로 살되 가슴이 전하는 말에도 귀 기울여 마음을 윤택하게 하고

자식으로서, 남편으로서, 아버지로서, 형으로서 지킬 것은 지킬 줄 아는

멋진 사람으로 내 딸과 더불어 잘 살아 주리라 믿는다.

자네를 진심으로 환영하며 자네의 가정과 집안에 행복이 가득하기를 기원한다.

우리 사위 파이팅!!

사돈이 시집보내는 딸에게

사랑하는 내 딸,

너를 세상에 데려오긴 했지만, 우린 우리대로 너는 너대로 속절없이 현실에 휘둘리느라

함께 나눈 시간이 부족했던 게 못내 아쉽고 미안하구나.

지금껏 바쁘게만 살아온 만큼 이젠 쉬어갈 만도 한데 결혼까지 초고속으로 하게 되니,

아무것도 모르는 어린애를 낯선 곳에 보내는 듯 안쓰럽기만 하다.

그러나 걱정은 않겠다.

지금까지 내가 노심초사했던 수많은 걱정을 모조리 한

낱 기우로 만들어 버린 너였으니

결혼생활 역시 누구보다도 잘하리라 믿는다.

물론 경험이 없으니 어설프고 실수할 수도 있겠지만 정
말로 중요한 건 마음가짐이어서

너의 아름다운 마음이 우러나기 시작하면 모든 것이 마
술처럼 술술 풀릴 것이다.

게다가 너희 둘 서로 많이 사랑하고, 사돈어른과 사부인
께서도 너를 어여삐 여겨 주시니

세상의 어떤 부부보다도 행복하게 잘살 것이다.

우리 딸 파이팅!!

결혼한 큰아들집의 집들이

아들아, 며늘아가, 오늘은 짱 춥다.

잘 지내고 있니?

오늘은 너희들 집에서 집들이를 한다는구나.

너희들의 집에 처음으로 많은 사람들이 방문하게 되었네.

집들이라는 단어도 생소하고

송서방이란 단어도 생소하고

사부인도 생소하고…….

아아…….

지금은 조금씩 익숙해져 가는 중…….

자식을 떠나보내는 부모의 마음이 아련함에서
이제는 홀가분한 마음으로 바뀌어 가는구나.
행복하거라.

첫눈을 기다리며

항상 첫눈을 기다린다.

첫눈은 나에게 행운과 행복을 가져온다.

남아 있는 삶보다 더 많이 살아서,

내가 한 일들은 무엇이던가, 내가 할 일들은 뭐가 있을까,

한 해의 끝마무리에서 다시 한번 점검해본다.

10대에는 작은 소녀로 서울에서 살아야 한다던 막연한 어린이의 꿈이 있었다.

20대에는 불투명한 나의 미래에 대한 까만 고민들로 잠 못 이루던 밤들이었다.

30대에는 내 인생에서 정신적으로도 물질적으로도 제일 힘든 시절이었다.

결혼한 지 5년 동안 아기가 없었고, 대륙적인 기질의 남편과 감성적인 바닷가의 아내가 마음 맞추어 살아가기란 쉽지 않았다. 하나의 목표를 가졌지만 과정들은 아주 많이 달랐다. 오십 년을 살아가는 지금도 한 점으로 의견을 모으기란 쉽지가 않다.

영원한 평행선이라도 좋다.

두 사람 건강했으면 좋겠다.

40대는 참 행복하다고 느끼던 시절이었다.

인생은 참 살만한 가치가 있었구나.

열심히 살았던 결과도 있었고, 희생의 열매도 얻게 되었다.

주임으로 들어간 남편은 회사에서 14년 만에 대표이사가 되었다. 참 어려운 일이었지만 그는 해내었다. 남편에게 수고했다고, 고맙다고, 감사하다고 말했다.

50대 지금 나의 소망은 아름답고 건강하게 살다가 길

떠나고 싶은데, 어떻게 될런지는 잘 모르겠다.

60, 70, 80, 90, 100······.

인생이 너무 길다고 생각지 않는가?

내가 생각하는 인생관은,

부모는 자식을 키워야 할 의무를 다하고, 그들이 홀로 설 수 있는 둥지를 만들고, 그들이 심어둔 씨앗들이 뿌리 내릴 수 있도록, 영원히 변치 않는 토양이 되는 것이다.

그 이후로의 부모는 덤으로 산다고 생각한다.

덤으로 사는 인생이 너무 길다고 생각지 않는가?

인생은 너무 길다.

올해 2009년은 뜻깊은 한 해였다.

큰아들이 결혼을 했고, 새 가족도 맞았다.

그들이 새 가정 이루었으니 귀여운 손주도 보게 될 게다.

가족에게 참 고맙다.

남편은 골프친 지 수 세월이 지났지만, 며늘아기 맞은 3일만에 처음으로 홀인원을 쳤다.

참 느낌이 좋다.

첫눈이 오는 날,

첫눈은 더 많은 아름다운 소식들을 우리에게 가져올 게다.

모든 이에게 감사드리며, 또 열심히 살고자 한다.

한 해를 보내면서

2009년 올해는 큰일을 했다. 큰아들을 결혼시킨 일은 나에게 큰 사건이었다.

사람은 누구나 지나간 시간에 대한 후회와 안타까움이 있다고 한다.

아들을 결혼시킨 후 지금의 내 마음은 모든 끈들을 놓고 그냥 쉬고 싶다.

너무 긴장 속에서 살았는가 아니면 너무 열정적으로 살았는가.

너무 도덕적으로 살았는가 아니면 너무 맑은 물에서 살았는가.

이유는 잘 모르겠다.

마음 다잡아 다가올 새해 새 시간에 대한, 기대와 희망을 써 내려가 보았다.

끝없이 흘러가는 시간 속에서 나 자신을 개선하고 발전하기 위해서

새로운 목표와 각오를 세웠다.

오늘 마침내 새해 다이어리를 준비했고

더 열심히 발전하는 아름다운 모습으로 살아야겠다고 다짐한다.

대학원에 입학하다.

2008년 3월, 세종대학교 대학원에 입학했다.

행정대학원 학생수는 20명이었다.

'사회복지학과 아동복지전공'

어린이집 원장이 되고자 준비하는 것이다.

90%가 현직에 근무하고 있었다.

정년퇴직 이후를 준비하려는 사람들이 많았다.

은행원, 세무공무원, 시청공무원, 학교공무원, 교수 부인 등등 많은 사람을 만났다.

오랜만에 학생이 되어보니 수업도 재미있었다.

입학한 다음 달, 4월에 학교측에서 원우회장을 미리 뽑

아놓아야 된다고 했다.

매년 그렇게 한다네.

그 원우회장은 졸업 후에도 원우회장으로 활동하게 될 것이고 2학년부터는 학교등록금 30% 원우회장 감면도 있다고 했다.

감면될 금액은 일백만 원이 조금 넘었다고 기억된다.

다른 학생들은 모두 현직에 종사하고 있으니 교수 부인과 나 두 사람 중에서 하라고 했다.

나는 원우회장을 맡아서 열심히 했다.

원래 열심히 일하는 성격이다.

시간은 흘렀고 2010년, 코스모스 계절 졸업을 앞두고 있었다. 한 학기 학점을 더 이수했고 논문은 안 써도 되었다.

졸업생들은 종합병원 장례식장 대표, 요양병원 설립 대표, 어린이집 설립 원장, 심리상담사 사무실 대표, 노인주

간보호센터 대표 등 각자의 길을 걸어갔다.

　대학원 입학은 모두 목적이 있어서 왔으니까.

　나도 졸업을 앞두고 장안평역 역세권에 마당이 있는 주택을 계약했다.

　마당에 미끄럼틀 세우고 놀이터로 쓰면 되겠다.

　방들도 교실로 꾸미면 되겠다고 생각했다.

　그렇지만 어린이집 설립계획 바로 직전에 몸이 많이 아파서 입원하는 바람에 포기했다.

　어린이집 설립이 잘 되었다면 내 아들과 며느리가 잘 이끌어 갔을 텐데……. 참 아쉽다.

　지금은 어린이집 설립은 마음뿐이다.

양희은 콘서트 들길 따라서

양희은 콘서트를 보러 삼성동 SM타운에 작은아들이랑
같이 갔다.

몇 달 전에는 대학로에서 하는 연극 〈라이어〉를 남편이
랑 같이 가라고 끊어주더니…….
아들아 고맙다.

오늘은 작은아들과 무대 앞 셋째 줄 쯤에 앉았다.
아들이 내가 좋아하는 노래 시대가 이쯤 될거라고 생각
을 했을까…….

무대를 꽉 채우는, 내가 좋아하는 양희은 가수가 들어왔
다.

양희은 씨가 방청석을 향해 묻는다.

"여러분, 누구랑 같이 오셨어요?"

먼저 손들지 못해 대답할 순간을 놓쳤다.

아고아고 아깝다.

"아들이 티켓 준비해서 아들이랑 같이 왔노라." 자랑했
어야 했는데…….

너무 아쉽고 아쉬웠다.

그날에 아쉬워했던 그 마음은 지금도 생생하다.

양희은 씨의 〈들길 따라서〉

노래가 내 마음에 힐링이 되고 있었다.

거제도 섬 아이는 보이는 곳도 걷는 길도

들길과 바다뿐이다.

학교 수업이 끝나면

동네 아이들은 소 풀 먹이러 들판으로 달렸고
해질녘에는 풀어 놓았던 소를 몰고
집으로 돌아왔다.

해질녘 들길 따라 소를 몰고 집으로 돌아가던 모습은
그때의 풍광 중에 하나이기도 했다.

들길 따라서 나 홀로 걷고 싶어
작은 가슴에 고운 꿈 새기며
나는 한 마리 파랑새 되어
저 푸른 하늘로 날아가고파…….

내 꿈은 서울 가서 사는 거

6장

: 공작가 '만선'의 돛을 올리다.

공작가 '만선'의
돛을 올리다.

지나온 날들을 회상하며 행복으로 가득한 앞날을 향해
바로 해도 뒤집어도 의미가 되는 두 숫자 6자, 9자.

2010년 6월 9일 오늘, 가득 차서 넘쳐나는 '만선'의 돛
을 동대문에 힘차게 올렸다.

열심히 노력하여 새 집을 구입하면
누구나 가슴 벅찬 설렘으로 문패를 달듯
남편 이름 '만선'을 새겨 넣었다.

무럭무럭 자라나는 사랑에 감사하고

찰랑찰랑 넘치는 행복에 감사한다.

사랑하는 우리 가족, 참 고맙고 수고했어요.

언제나 지금처럼 건강하고 행복하기를

'만선'이라는 이름처럼

풍요로운 마음이 되도록 힘쓰고

항상 감사하는 생활 하도록 해요.

자원봉사 4행시

자: 자신만을 위하여 살았던 오십 평생을 돌이켜보며
후회한다.

원: 원하는 것이 무엇인지 나의 인생에 뚜렷한
확신은 없었지만

봉: 봉우리 꼭대기 오르는 일만 인생 최고의 목표라고
생각했던 것들이

사: 사실이 아니라 허상이라는 것을, 나는 오늘 문득
깨닫게 되었다.

앞만 보고 달려왔던 나의 인생에, 지금은 배려와 봉사를
포개어 더하는 삶이 되고자 한다.

일본 미야자키에서
한바탕 웃었다.

일본의 규슈 남동부에 있는 미야자키에서 3일간 골프를 쳤다. 평균 온도 12도~17도.

우리 일행 24명은 저마다 산뜻한 복장으로 인천공항 3층 M5 데스크 앞에 속속 도착했다.

새해 들어 처음 만나는 동행들은 모두가 반가운 얼굴들이다.

'이번 여행에서는 남편이랑 다투지 않아야 할 텐데……'

걱정 반 소망 반이다.

바로 지금 남편의 말 한마디가 내 마음에 또 상처가 된다.

공항 데스크에 도착하자마자 빨리빨리 골프백 안 챙긴다고 뾰족하고 볼촉시럽게 말한다.

또 기분이 상한다. 같이 온 게 또 후회스럽다.

'집에 있을걸……'

3시간만 같이 있으면 싸우는 우리 두 사람. 공항까지 오는 시간이 2시간, 도착해서 1시간이 지났으니 다툴 시간이 되었구나.

'공계숙, 올해부터는 모든 것에서 좀 둔해지자구. 알았제?'

비행기 탑승객은 모두가 골프를 치러 온 한국 사람들이었다.

입국심사에서는 작은 공항이라 직원 수도 많지 않았고, 수속 시설도 많지 않아서, 아마 1시간도 훨씬 더 걸린 것 같았다.

마중 나온 E.S 여행사에서 안내한 곳은 휘닉스(Phoe-nix) 골프장이었다.

'일본에서도 휘닉스라는 말을 좋아하는구나. 우리 한국에도 휘닉스 스키장이 있는데……. 상상의 새 불새.'

첫째 날은 캐디는 없고 카트만 있는 18홀 경기였다.

여성 4명이 한 조가 되었고, 내가 마지막에 드라이버를 치기로 순서가 정해졌다.

앞의 세 사람 모두 드라이버로 친 공이 빨래줄처럼 날아서 180m 정도 거리에 안착했다.

나는 조금은 소심해졌지만 준비 동작 한 번 하고, 새로 구입한 드라이버로 자신있게 쳤다.

굿샷~! 굿샷~! 굿샷~!! 소나무 숲으로 슬라이스가 약간 났지만 일행만큼은 공이 날아올랐다.

'이 정도라면 괜찮네.' 혼자 자신에 차서…….

'8년 만에 이정도 치면 오케이' 혼자 자화자찬

자신감을 가지고 계속 쳐나가기로 마음먹었다.

둘째 날은 일행을 바꾸어 여성 4명이 함께했다. 캐디는 있지만, 카트는 없이 27홀을 걸어서 치는 경기였다.

호수 물속에 공 하나 잃고, 벙커에도 많이 빠졌다.

'아이구야, 미야자키 벙커에 꿀이 붙었나.' 웬 벙커만 온종일…….

벙커 탈출은 참 어려웠다. 벙커 언덕이 무덤 봉우리 같았다.

모두들 손으로 공을 꺼내라고 말했지만, 악착같이 S.W로 아웃시켰다.

셋째 날은 부부 두 명이 한 조가 되었다.

카트는 있지만 캐디는 없고, 카트가 페어웨이(Fair-way)에 들어갈 수 있는 18홀 경기였다.

샷이 이틀 전보다는 고르게 잘 날고 있었고. 긴 퍼트도 가끔씩은 들어갔다.

남편이 "생각했던 것보다 잘 치네."라고 칭찬해 줘서 기분이 좋았다.

여러 가지 에피소드 중에서 하나.

미야자키에 도착하자마자 나는 일본말이 아무 말이나 술술 잘 나왔다.

20년 전에 큰아들이 유치원 다닐 때 일본어를 책과 테이프로 혼자 공부한 적이 있었는데 그래서인지 그냥 아무 말이나 술술 잘 나왔다.

우리 일행 24명은 골프장 식당에서 점심 식사를 하고 있었다.

나와 앞사람은 스시 정식을 시켰는데, 다른 사람들은 벌써 식사가 끝나가는데 우리 것만 나오지 않고 있었다.

후반전에 나가려면 시간이 바빴다.

나는 직원을 불러 바쁜 목소리로

"유쿠리 구다사이."

천천히 가져오라는 유쿠리 구다사이

일행 모두는 진짜 진짜 크게, 미야자키가 떨어져 나가도록 시원하게 한바탕 웃어재꼈다.

하하하~ 호호호~

남편도, 회장님도 부인들도 모두모두

통쾌하고 유쾌하게 한바탕 웃고 또 웃었다.

"유쿠리 구다사이는 천천히 주세요란 뜻인데 그 말이 왜 나왔는지…….

하야쿠 구다사이라고 말해야 하는데 제가 잘못 말했어요."

일행들에게 실수를 말했지만 아랑곳않고 손바닥치며, 식탁치며 마음껏 웃어댔다.

그때 식당 남자 직원이 환한 얼굴로 나타나며 씨익 웃었다.

음식을 식탁에 놓으며 말했다.

"근면한 한국인 '빨리빨리' 잘 알고 있습니다. 처음부터 바로 알아들었습니다."

우리 모두는 환호성! 굿 굿 굿!!

혹시나 '유쿠리 구다사이'가 내 별명이 될까봐서 걱정이
되네.

회장님은 나를 잘 놀려 먹는데…….

'아무렴 어때, 공계숙은 어디서든 잘 통하고 저력있고
당당하잖아.'

8년 만에 친, 이번 미야자키 2박 3일 골프 여행, 참 즐
거웠습니다.

여러분 항상 건강 조심하시고 행복하세요.

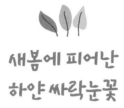

새봄에 피어난
하얀 싸락눈꽃

내 작은아들아,

더운 나라에서 공부하며 잘 지내고 있니?

여기 대한민국 서울은 3월 9일, 계절이 봄인데도 하얀 싸락눈을 뿌리며 소복이 쌓여간다.

엄마는 오늘 아침 일찍부터 움직여서 청소년자원봉사 수업 4시에 끝냈고, 대학원에서 수업을 10시까지 하고 지금 집으로 돌아오는 길이다.

하얗게 내리는 싸락눈을 우산으로 받고 오는데, 작은아들 내 아들이 생각나면서 눈물이 핑 돌았다.

친구들이랑 잘 어울리며 재밌게 생활하고 있는지도 궁

금하고, 음식이 입에 잘 맞는지도 궁금하고,

몸은 아프지 않은지도 걱정되고…….

자주 아들의 전화는 받지만 마음이 놓이지 않는 것은 어쩔수가 없구나.

어젯밤에는 작은아들이 꿈에도 보였고…….

엄마와 같이 있을 때도 잘해준 것은 없는데, 혼자 알아서 잘했는데 이건 무슨 노파심인가.

엄마는 이번 학기가 마지막 학기라서 선택 2과목만 남았다. 항상 그렇듯이 오늘 수업에서도 자진해서 첫 번째로 발표하겠다고 교수님께 말했다. 시니어들의 여가활동을 틈새시장으로 분석해서 발표하는 과제이다. 이번 한 주는 발표 준비로 바쁠것이고 다음 주 화요일 16일에 발표하면 된다.

엄마는 어떤 일이든 잘할 자신이 있단다.

내 작은아들도 건강 잘 챙기고, 자신 있고 당당하게

오늘도 행복하게 보내거라.

KBS 가요무대 생방송에
다녀오다.

나의 여고 동창생 선희랑 전화선으로 저녁 시간 내내 떠들고 깔깔대면서 즐거워한다.

"계숙아, 우리가 벌써 가요무대에 갈 나이가 되었구나."
"그래, 우리 벌써 내일 모레가 육십이잖니."
"우리 모레 9호선 샛강역 2번 출구에서 5시에 만나자."
"오케이~"

오늘 큰아들이 마련해준 좌석표를 가지고 KBS 별관으로 향한다.

아들이 대학생 때 나와 외할머니를 위해서 신청했는데

3년 넘게 걸려서 이제야 당첨되었다고 한다.

친정어머니께서는 못가신다고 혼자 가라고 하신다.

혼자 망설이다가 선희에게 전화를 했다.

따르릉~따르릉~~~

선희와 나는 여고동창이면서 3학년 1반에 옆자리 짝꿍이었고, 87년도에 서울로 이사를 와서 집 앞 길에서 우연히 만나게 되었다.

서울에는 나보다는 먼저 왔고 똑같이 아들만 둘 있다.

결혼도 내가 일주일 먼저 했다. 나는 12월 2일, 선희는 12월 9일이다.

서울 타향에서 만났고, 같은 학교 같은 반, 바로 옆 짝꿍이었던 친구.

내가 성당에서 세례받을 때도 함께 축하해 주었던, 선하고 착한 아름다운 친구다.

두 사람은 여의도에서 5시에 만나 저녁을 먼저 먹었다.

'여의도에는 식사값도 참 싸네. 식사가 3천 5백 원. 요

즈음에 이런 가격도 있네.'

6천 원짜리 북어찜 하나를 더 시켰다.

식사하는 옆 테이블도, 뒷 테이블도 모두 같은 곳으로 가는 사람들이다. 모두 가요무대를 좋아하는구나 생각했다.

"선희야 우리 두 사람이 제일 젊은 사람이겠다. 그쟝~"

"그래, 그렇겠다." 호호호~

별로 우습지도 않을 것 같은 말에서도, 두 사람은 연방 웃음을 터트리며 마냥 즐거운 여고 시절로 돌아가 있었다.

여러분 왜 우리 여고 시절에 그랬잖아요.

굴러가는 낙엽만 봐도 깔깔대며 배꼽 잡고 웃어대던 일.

세상 모든 것이 환희로움과 벅참과 뿌듯함으로 참 행복했던 여고 시절이었잖아요.

6시에 입장이었지만 우리는 5시 30분에 KBS홀 정문으로 들어갔다.

왜인지 모두들 줄을 서서 기다리고 있었다.

"아저씨! 우리는 19번이라서 줄 안 서고 들어가는데요."
"아니에요. 여기는 모두가 줄을 서야 한답니다."
'아닌데 우리는 19번인데…….'

안내 아저씨의 말에 조금은 실망했지만 우리는 줄을 서서 기다리기로 했다.

내 앞에 서 있던 빨간 원피스 아주머니는 81세 친정어머니를 모시고 전라도에서 오셨다고 한다.
그분의 효도에 나는 찔끔해졌다.
나도 이번 주 금요일 저녁에는 친정어머니댁에서 하룻밤 묵고 와야겠다고 생각했다.
남편이 출장을 간다고 하니 잘된 일이다.

6시에 받아든 좌석표 101, 102번은 무대 중앙이 바로 보이는 좋은 자리여서 마음에 들었다. 앉아서 기다리고 있는데 저기 무대 앞에 임시로 좌석을 만들고 있는 것이 보인다. 우리는 그쪽으로 잽싸게 자리를 옮겼고, 김동건

사회자와 2~3미터 거리에 가까이 앉았다. 친구와 나는 자리값을 하느라 우레같은 박수와 아낌없는 응원을 마구마구 쏟아부었다.

송대관, 방주연, 김세환, 현철 등 유명한 가수뿐만 아니라 이름도 모르는 가수들도 열 명이 넘게 나왔다.

노래 주제는 〈7월 피서철을 향한 특집〉이었고, 주로 바다 노래와 70년대 우리들이 여고 시절에 부르던 노래들이었다. 내가 좋아하는 방주연 '당신의 마음' 노래가 나올 때는 친구와 둘이서 소리내어 크게 따라 불렀다.

보이는 것은 다 그렸지만 마지막 한 가지 못 그린 것은 지금도 알 수 없는 당신의 마음…….

여고 시절에 깔깔대던 아름답던 옛 추억으로 그날은 참 행복했었고, 7월에도 내내 행복할 것 같다.

KBS홀 가요무대 공연을 다녀오면서, 친구 간의 우정,

부모님께 효도, 가족 간의 사랑을 다시 한번 되짚어보는 계기가 되었다.

끝나고 나오니 남편이 마중을 나와 있었다.

돌아오는 길의 상쾌한 여름밤 공기도 참 좋았다.

나의 사랑하는 가족에게 아낌없이 나누어주는 행복 나무가 되어야겠다고 다짐했다.

내 큰아들아! 엄마를 행복하게 해줘서 참 고맙고, 너희들이 내 가족이라서 행복하다.

캐나다로 유학 떠난
내 작은아들

내 사랑하는 아들아,

하늘만큼 땅만큼 내 아들 사랑한다.

어제 오후 1시 40분에 비행기 탔는데 오늘 오후 4시 40분에 캐나다에 도착한다고 하네.

그곳이 그렇게도 먼 곳이더냐?

어제는 늦은 밤 아들의 귀가를 기다리다가 캐나다로 떠났다는 생각이 들자, 아득한 그리움과 허전함에 마음 뭉클해졌다.

아직도 비행기 안에서 힘들게 앉아 있을 내 아들을 생각하니 눈물이 난다.

예쁜 가을 단풍 찬사 엊그제였는데, 어느새 창밖에는 마른 가지만 둥그마니 남아 있구나.

책상에 앉아 사거리에 바쁘게 움직이는 자동차를 보면서,

'그래도 살아서 움직이는 것이 있긴 있었구나.'라고 생각했다.

가만히 정체되어 있는 한강을 바라보는 것보다,

살아 움직이는 거리의 자동차들과, 변화와 활력이 있는 사거리의 가로수가 보기에 더 좋다는 생각을 했다.

어떻게 우리가 자식과 부모로 만나 이토록 애잔한가.

내 부모도 이토록 나에게 애잔했을까…….

어디에 내놓아도 내 아들은 걱정없지만 그래도 막내라 걱정이 된다.

엄마 아빠 능력될 때 하고 싶은 것 많이 해 보고, 건강하게 잘 있다가 1년 후에는 너의 성숙하고 발전된 모습 보여

주거라.

　엄마가 시간되면 캐나다에 패키지 여행으로 한번 다녀
오려고 한다.
　항상 건강하고 행복하거라.

나는 내가 자랑스럽다.

나는 내가 자랑스럽다.

지나온 시간을 되돌아보니 어느새 내가 많이 성숙해져

있고,

앞으로도 아름답고 귀하게 발전해 갈 내 모습을 생각하니

내가 많이 자랑스럽다.

내 마음 속에는 바르게 살려는 의지가 있으며

내게 주어진 삶의 현실에 불만 가지지 않고,

언제나 긍정적인 자세로

열심히 살아가는 내 모습이 자랑스럽다.

내 안에 성장의 욕망이 있으며

내 발길은 부지런하여 맡은 일에 성실하고
부끄럼 없이 당당해지는 나의 태도가
나를 기쁘게 하며 내가 자랑스럽다.

도전하고자 하는 열정이 앞으로 달리게 했고
풍족하지 않은 가난이 나를 더 단단하게 만들었으며
아버지께서 지어주신 내 이름이 참 귀하고,
소중한 공계숙이 자랑스럽다.

국화의 계절 가을에

반짝반짝 보석같은 가을 하늘이 오늘따라 참 아름답다.

높아진 파란 하늘을 바라보며, 하늘처럼 '파란 삶'으로
살아가기를 소망한다.

겸손하고 감사하는 마음으로 넓게 포용하고,

베푸는 마음으로 사는 것이 아마도 '파란 삶'이리라.

남은 여백의 삶을 사는 그날까지

덜 미워하고 더 사랑하겠다고

내일을 두려워하는 대신 오늘을 감사하며 살겠다고

지난날을 후회하는 대신 오늘을 참되게 살겠다고

내 마음 '파란 삶'으로 다독여 본다.

창 너머 보이는 잎새들을 바라보고 더 멀리 만발한 노란 국화를 바라보며,

동시에 오색으로 물들여질 가을 단풍도 생각해봤다.

가을은 참 아름답구나.

나이 듦에 감사하며 나의 삶이 기쁨과 평화로,

내가 이 세상에 없더라도 모자람을 채우며, 어우러져 살아가야 할 남겨질 가족과

항상 감사하는 삶으로,

자식들에게 피해주지 않고, 너무 오래 살지 않고,

알맞은 시기에 길 떠나면 참 좋겠다.

사돈님의 은혼식날에

오늘이 결혼하신 지 25주년. 은혼식 날이라고 하는군요.
은혼식 축하드립니다.

25년…….
셀 수도 없을 만치 수많은 일들이 스쳐 지나가시지요?

딸을 낳아서 행복한 그 마음
천사가 보내주신 새록새록 예쁜 아이
아장아장 걸음마 배우던 귀여운 아이

피아노 건반 하나씩 익혀가던 고사리 같은 작은 손을 가

진 아이

학교에서는 언제나 모범생으로, 항상 선생님께서 칭찬
하시던 자랑스러운 예쁜 아이

예쁜 숙녀 되었다고 느긋하게 자랑하실 새도 없이, 바라
볼 새도 없이

제 좋아하는 남자 만나 서울 멀리까지 떠나버린 야속한
내 아이

부모에게는 무언지 모를 아쉬움만 남겨놓아, 언제나 그
리운 사랑스러운 내 아이

결혼 1주년을 보낸 두 아이 바라보시니,

알콩달콩 집안 살림과 초등교사 일을 병행하는 두 아이
의 모습 참 대견하고,

어여쁜 내 아이들이라고 지금 마구마구 칭찬하고 계시
죠?

아이들 걱정하지 맙시다.

부모로서 할 일은 우리 다 했잖아요.

노년을 준비하는 새 가족이 되시도록 합시다.

안사돈과 저는 자매로 살아야 할 책임이 있다는 생각을 했어요.

우리들이 아무리 노후 준비가 잘 되었다고 할지라도, 자식의 도움은 받게 되겠지요?

우리가 죽으면 마지막 묻어주는 이도 자식일 테니까요.

우리 아이들 슬프게 하지 않도록 해야지요.

안사돈과 저는 꼭 언니 동생으로 잘 지내야 합니다.

같이 한집에서 보호받으며 살아야 될지도 모르는 일입니다.

나중에 일은 아무도 모르니까요.

오늘은 은혼식, 특별한 날이니 특별한 일만 하시도록 하세요.

금혼식 50주년에는 두 가족 함께 특별한 이벤트를 합시다.

항상 건강 주의하시고 행복하십시오.

가을에는…

지금에야 세상이 보인다.

아슬아슬함 속에서 하루하루 살아 낸다는 것도…….

요새는 뭔가 돼야겠다는 생각으로 꽉 차 있다.

전문적인 지식이 하나도 없는 것이 못내 아쉽지만…….

창업을 하기 위해 시장조사도 해봤다.

무엇을 해야 할 것인지부터 고민이지만…….

그래도 그냥 뭔가 해야겠다는 생각으로 꽉 차 있다.

40대 이전에 시작하지 못한 것을 후회하지만…….

지금도 늦지 않았을 거야.

다시 더 생각해 보자…….

오십일곱 번째 생일날에

내가 왜 이제야 깨달았을까.

어렸을 때 아버지와 함께 동네를 걷던 추억은 일생의 지주가 된다는 것.

삶은 두루마리 화장지 같아서 끝으로 갈수록 더욱 빨리 사라진다는 것.

돈으로 인간의 품격을 살 수는 없다는 것.

마음의 상처를 치유하는 것은 시간이 아니라 사랑이라는 것.

행복은 산을 정복한 때가 아니라 올라갈 때라는 것.

그런데 왜 나는 이 모든 진리를 다 살고 나서야 깨닫는
것일까.

뻔한데 왜 이렇게 복잡하고 힘들게 사는 것일까.
찬 바람이 할퀴었던 상처투성이에서도 봄꽃 화려하게
피어나듯이
아무런 후회없이 가족들을 사랑하고 떠나야겠다.

수채화 전시회를 마치고

2012년 5월 16일.

설레는 마음으로 갤러리에서, 보름 동안 회원 10명의 그림을 올렸다.

난생 처음 그림을 검증받는 기분은 이상한 야릇함이었다.

회원들은 그림에 싸인을 했고, 액자에 넣고, 갤러리에 올렸는데 생각보다 아름다웠다.

20점의 작품들 제각각 특색들이 있었고, 작가들만의 생명력도 보였다.

큰 비 내린 뒤에 여름 냇가에는 올챙이가 많았다.

고사리같은 두 손 걷어붙이고 올챙이를 건지며 놀던 시

절이 있었다.

내 고향 여름 냇가를 떠올리며…….

작가 여러분 그동안 수고 많이많이 하셨어요.

우리 또 다음 전시회를 준비합시다.

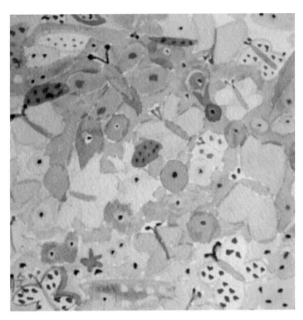

여름 냇가
공계숙 | 2012

결혼 32주년을
자축하면서

바닥을 기며, 흙먼지를 마시던 시절이 있었다.

눈물로 지낸 그 시절에

희망이라는 새싹을 틔우기로 마음먹었다.

그 희망을 향해 눈을 부릅뜨고

세상과 맹렬히도 싸웠다.

같은 하늘 아래에서도,

바라보는 이에 따라 절망이 될 수도 있으며, 희망이 될

수도 있다는 것.

자신이 행복할 때 유난히도 맑은 하늘을 바라볼 수 있다

는 것.

내 안에 사랑이 피어오를 때 아름다운 모습을 볼 수 있다는 것.

가슴에 사랑을 담아 누가 보아도 아름답게, 가족을 사랑하며 살아야겠다.

결혼 32주년을 자축하면서…….

내 작은 아들이 첫 직장을 잡다.

내 작은 아들이 첫 직장을 잡았다.

3월부터 입사 서류 넣고, 면접보더니 합격하고, 오늘 2012년 4월 첫 출근을 했다.

지금까지 한 번도 부모 애태워 본 적이 없는 내 아들.

본인이 가고 싶다던 회사에 멋지게 합격했다.

대학을 졸업한 학생 절반 이상이 직장을 잡지 못해 걱정이 많다고 하던데…….

내 아들 수고 참 많았다.

인생을 전쟁터라고 말하더라.

전쟁터에서 살아남는 법도 터득해 보거라.

아무리 곤경에 처해도 당황하지는 말거라.

사방이 다 막혀도 숨 쉴 곳은 있으니 꼭 살아남거라.

산을 오르며 희망도 꿈꾸어 보거라.

속도는 그리 중요하지 않더라.

내 아들 수고했고, 참 고맙고, 사랑한다.

내 작은아들 화이팅!!!!!

'뽁뽁이' 탄생을 축하하며

♪♪ 닐리리야~ 닐리리~ ♪♪♪

향기가 차암 좋구나.

소곤소곤 사랑을 속삭이듯, 오랜 시간동안 오매불망 그리워했다.

오늘보다 더 좋은 날이 있을까.

오늘을 우리 다 함께 기뻐한다.

2013년 2월 1일.

소중한 인연, 따뜻한 마음으로 우리 아가 뽁뽁이 양팔 벌려 환영한다.

언제나 좋은 생각, 푸른 마음으로, 따뜻한 정 나누며, 가
꾸어 가리라.

사랑스러운 우리 아가 뽁뽁이(복복이)

아름답고 소중히 잘 자라다오.

엄마가 된 며느리에게

본인이 지혜로운 만큼 행복하다는구나.

지혜로운 내 며늘아기, 노력 또한 행복을 뒷받침하는구나.

열 달 동안 수고 많았다.

엄마가 됨을 축하한다.

아빠가 됨도 축하한다.

많은 사람들 중에 단 한 사람

고운 인연 내 며느리

고운 인연 우리 뽁뽁이(복복이)

고운 인연 내 아들

우리 서로 가족으로 만나니, 찰랑찰랑 축복이구나.

고운 인연 기도하는 마음으로 우리 새 출발하자.

엄마란 뭐든 다 할 수 있더라.

그냥 '엄마'니까

뽁뽁이 키우느라 힘든 일상 되겠지만

수고하지 않는 결과는 없다.

꿈이 있어 더 아름답고, 더 행복하고, 더 긍정적으로 행복하면 좋겠구나.

어린 스물네살에 결혼한 내 며늘아,

어떤 경우도 환경 탓하지 말고, 남과 비교도 하지 말고,

일상에 감사하면서 살거라.

삶의 은혜로움 사랑으로 완성하길 바란다.

예순의 길에 들어서면서

참 많이도 왔네, 60년…….

처음부터 잘 닦인 길은 없었다.

울퉁불퉁 자갈길을 걷다가 넘어지기도 했다.

상처도 났다.

다시 일어나 계속 걷다 보니,

어느덧 꽃길이 되더라.

넘어질 때마다 그만둘까 갈등도 많았지만,

인내 속에서 위대함을 깨달았다.

걷다 보니 어느덧 산에 올랐고,

인내하다 보니 큰 것을 이루더라.

인내 속에는 위대함이 있었고,

다양함 속에서 내 존재가 빛나더라.

젊은 시절로 다시 돌아가고 싶지는 않다.

다시 또 치열하게 살아야 될 테니까

지금 현재 꽃중년 꽃 할미가 좋다.

나머지 남은 인생 끝나는 날까지

병원 신세는 안 지고 살고 싶다.

너무 오래 살지 않고 적당한 시기에

길 떠나면 참 좋겠다.

행복의 수채화를 창가에 걸어두고

초록색 꿈을 담아 창가에 걸어두고, 병마와 싸웠다.

두 손을 써서 절벽을 올라가 성공하는 일보다,

병마로 미끄러져 떠내려가는 일은 절망이었다.

삶의 오르막과 죽음의 내리막도 생각해봤다.

잠에서 아침에 깨어나지 말기를…….

아냐, 물처럼 바람처럼 순응해야지.

삶은 축제이고, 신의 은총이라고 했던가.

화려한 축제 뒤엔 고독하고, 애타는 사연들도 있다는 것.

사나운 폭풍 뒤엔 아름다운 무지개도 있다는 것.

힘든 병고 끝에, 8월의 햇살이 쨍하고 찾아 들었다.

가족은 어느 누구도 대신할 수 없는 법.

내 가족에게 감사하고 사랑한다.

내 마음속에 평화

　많은 사람들이 내게 베풀었던 사랑을 본받고 실천해야
겠다.
　시간의 유한함과 귀중함을 잊기 쉬운 노년에는
　젊었을 때보다 더 규칙적으로 살아야 한다고 한다.

　노년에는 오래 생각한 뒤 말하고
　조건 없는 따뜻한 웃음을 이웃에게 보여주어야 한다. 그
러면 이웃도 따뜻한 웃음을 보여줄 것이기에 나 또한 행
복해질게다.

　찬란한 청춘보다 더 아름다운 것은
　성실한 삶과 후회 없는 삶을 마무리하려는 노력이라고
생각한다.

세월은 스승이고, 좋은 친구며, 진실한 조언자였다.

인생의 반 이상을 살아온 내가 삶에서 터득한 행복은, 내 마음속에 평화더라.

내 마음속에 평화가 진정한 행복이었고, 행복은 따로 멀리 있지 않았다.

내 안에 있었다.

스스로 마음에 평화를 갖기 위해 노력한다면 평화가 날아들 것이라고 확신한다.

그것이 곧 행복임을 알았다.

가족 연주회

2016년 12월 10일 가족 연주회

 큰아들은 기타를 치고 나는 작은아들과 듀엣으로 노래
한다.

 무대는 강남여성합창단
 두 아들은 빨강 나비넥타이
 나는 하얀 롱 드레스 위로 선녀처럼 두른 하얀 스카프

 나레이션도 멋지게 공연 시작!

 어느 날 문득 드는 생각입니다.

제가 언제 여기까지 왔는지요.

자식들은 이미 훌쩍 커 버렸어요.

큰아들은 장가를 갔고 손녀도 두 명입니다.

쏜살같이 흐르는 시간 속에 생각나는 추억은 별로 없었습니다.

여러분들도 가끔 저와 같은 생각을 하실 때가 있으신지요?

젊었을 적 어느 날에 친구 초대로 예술의 전당에 갔습니다.

친구 부부가 합창 공연을 보러 오라고 초대해준 것이었습니다.

친구 부부가 무대에서 합창하던 그 모습 참 아름다웠습니다.

저도 친구처럼 살아보고 싶다고 생각했던 적이 있었습니다.

시간은 흘러 흘러 아주 많이 흘러

오늘 저도 이 무대에서 두 아들이랑 노래합니다.

방청석에서 들려오던 그때 그 박수 소리와 함성 소리
지금도 가슴에 남아있어 살아가는 데 큰 에너지가 되고
있습니다.

여러분들도 버텨주세요.
곧 봄이 올 것입니다.

큰아들 학교 동아리 공연

큰아들이 졸업을 하고 나서

대학교 음악동아리 선후배가 함께 모여 홍대에서 공연을 한단다.

며느리와 아들이 학교 음악동아리에서 만났으니 함께 공연을 하겠네.

남편이랑 지하철을 타고 공연장에 도착했다.

기타를 치는 팀, 드럼을 치는 팀 모두 즐겁게 노래부른다.

아들의 음악 공연을 보면서 내내 생각했다.

'너희들은 지금처럼 행복하게 살아라.'

힘든 밑바닥은 엄마 아빠가 단단하게 잘 다져 놓을게.

잘 다져진 바닥 위에

행복 나무를 심고 예쁜 꽃 피우거라.

두 아들아,

너무 애쓰지는 말거라.

인생,

화려하지 않아도 괜찮아.

작은아들이 결혼하는 날

작은아들이 결혼을 한다.

2017년 12월 2일,

1979년 12월 2일

결혼기념일이 엄마랑 똑같다.

아들 결혼 주례 선생님은 고등학교 1학년 담임선생님.

신부도 고등학교 1학년 같은 반 친구.

작은아들을 졸업시킨 담임선생님께서 1학년 때 반 친구

들 반 모임을 정기적으로 했다고 한다.

거기서 신랑 신부 두 사람이 사귀게 되었다고 한다.

작은아들 결혼식은 고등학교 전학년이 다 온듯 북적북적 재밌었다.

하객이 1,000명 정도 됐다고 기억한다.

식장 두 개가 꽉 찼으니까

내 인생에서 마지막 행사일 듯하니 알고 지내던 분들은 모두 초대했다.

학교 담임선생님 주례사 말씀

어느 해 4월 8일 부처님 오신 날, 거리에는 연등이 무지개처럼 가로수에 걸려있었다.

개구쟁이던 고등학교 시절의 신랑은 부처님 오신 날이라고 연등을 교실 천장에 달아 놓았단다.

"신랑 신부가 우리 교실에서 맺어진 것을 보니 그때 그 연등 덕분인 것 같구나."

주례님의 재치있는 말에 하객들은 왁자지껄 재밌게 많

이 웃었다.

지금도 주례사 담임선생님과 연락하면서 잘 지내고 있
단다.

개구쟁이였던 그 시절의 그 아들이

지금은 두 아들의 부모가 되었다.

내 꿈은 서울 가서 사는 거

7장

2020년대

: 공작가 70에서 80을 바라본다.

공작가 70에서 80을 바라본다.

08년 대학원 때부터
세상을 깨닫기 시작했고

23년 지금,
사람을 알아가기 시작했다.

학문을 연구하는 그곳에도
하나의 세상이 있었고

피를 나눈 형제자매들 사이에도
또 다른 세상이 있더라.

다시 나를 추스린다.
한 걸음 물러서서 자신을 바라보기 위해.

나이 듦이 참 아름답구나.

풍요로운 가을에 친구와 이천에 있는 과수원에 다녀왔다.
어딜 가나 노인이 자주 눈에 띄는구나.

자주 눈에 띈다는 건 숫자가 많다는 의미이기도 하지만,
노인을 예전과 다른 시선으로 본다는 의미이기도 할 게
다.

이천 사과 과수원에서 그림 그릴 사진들을 찍고 돌아오
는 길에 커피숍에 들렀다.
조명이 밝고 책을 읽기에 좋은 분위기라서 그런지 노트
북 컴퓨터를 켜고 인터넷을 하거나 전자사전을 펼치고 앉
아 공부하는 젊은이들이 많았다.

아마도 학교가 근처에 있는 모양이다.

그들 중에서 칠순이 훨씬 넘어보이는 은발의 할머니가
책을 읽으며 가끔 공책에다 뭔가를 메모하는 모습이 보기
에 참 아름다웠다.

나이가 들어간다는 건 참 아름답구나.

서리 내린 은발 머리도 아름답고
단아한 모습은 지적으로 또 아름답다.
풍부한 인생 경험과 독서까지 겸비한다면 이보다 더 아
름다울 순 없다.

나이 듦이 참 아름답구나.

나이 듦

이제 와서 왜 물었을까?
40년이 지난 지금

어렵게 5년 만에 자식을 얻었습니다.

각자의 신께 기도했습니다. 누구나 힘들면 신을 찾게 된
다고 하잖아요.

시어머니께서 부처님께 기도 드린 덕분인지

아들이 1984년 음력으로는 4월 8일 부처님 오신 날,

양력으로는 5월 8일 어버이날에 태어났습니다.

시어머니께서 손자 이름을 절에 가서 지어오셨다고 남
편이 말했어요.

'동기'라고 했습니다.

듣자마자 그 이름은 싫다고 했어요.

남편은 내게 이유도 묻지 않고 윽박지르며 몹시 화를 냈습니다.

다음날 출생신고도 본인이 혼자 가서 했습니다.

언제나 독재자였어요.

독재자 남편과 다투면서 상처만 받던 나도

지금은 살 길을 습득했지요.

"네네, 당신 말이 언제나 옳아요."

그럼에도 불구하고 그냥 내 뜻대로 하면 된다는 것.

부딪치지 않으면서도 조금씩 조금씩 남의 편도 내 편으로 만들 수 있다는 것.

40년 넘게 살아내었더니 지금은 술술 가정학 박사가 다 되었습니다.

둘째 아들은 아무 탈없이 태어났습니다.

세월은 흘러 두 아들도 가정을 이루었고 두 며느리도 존경받는 교사입니다.

올해 얼마 전에, 40년이 지난 지금

남편이 불현듯 나에게 물었습니다. 옛날 그때 동기 이름을 왜 싫다고 했냐고요.

그날에 그 이유를 물었으면 대답했을 텐데…….

친정아버지 함자가 '석기'였는데, '동기' 이름이 외할아버지와 같은 돌림자 같아서라고.

'이제 와서 왜 물었을까? 40년이 지난 지금'

참 궁금도 하다.

큰며느리에게 지금 이 이야기를 했더니 동기 이름 참 예쁘고 좋다고 말했습니다.

예쁜 내 며늘아, 항상 고맙고 감사하다.

자식의 키가 아무리 커져도 아버지는 올려다보는 존재 알지?

쏭팸 항상 고맙다. 다시 나를 추스린다.

달달한 식혜를 마실 때마다 엄마가 생각난다.

엄마라는 말만 들어도 먹먹하고 눈시울이 뜨거워진다.

엄마는 노환으로 병원에 계시다가 91세 일기로 별세하셨다.

아버지께서 돌아가신 후 15년 동안 혼자 계셨으니 외로움도 많으셨다.

엄마, 외로운 마음 헤아리지 못한 것 용서해주세요.

원망하고 불평 쏟아내던 못난 딸 용서해주세요.

동네 잔치 때마다 부녀회장이시던 엄마가 식혜 음료 잡채 요리 다 하셨지요.

1960년대 부녀회장이었을 때는 '셋도 많다. 둘만 낳아 잘 기르자.'는 캠페인도 있었지요.

부녀회장이시던 엄마 심부름으로 동네 집집마다 공지사항 전단지 배포했던 것 기억납니다.

참 세월도 많이 변했습니다.

지금 캠페인은 '많이만 낳아라, 국가에서 키워주마.'입니다.

고생만 하시던 우리 엄마, 키워주신 은혜 감사드립니다.

삶의 반환점을 다 돌고 나서야 이제 조금씩 알게 되었습니다.

이제는 걱정하지 마시고 하늘나라에서 편하게 자식들 지켜봐 주세요.

달달한 식혜를 마실 때마다 엄마가 생각나고

참 그립습니다.

내 나이 언제 여기까지

머물기 싫으면 떠나고

멋지게

아름답게

바람처럼

훌훌 털고

미련 없이 살다 가련다.

낙엽 지는

70 늦가을

지금의 삶 좋다.

내가 생각하는 성공한 삶

　사람은 나이가 들어가면서 자신의 진정한 친구가 누구인지 알게 된다.

　중년 혹은 그 이상의 사람들에게 친구들은 거의 가족이나 다름없다.

　나이를 먹으면서 진정한 친구를 찾게 되고, 그들과 진정한 관계를 맺고 우정을 나누고 싶어한다.

　부모가 병으로 사망하거나 자녀들을 대학에 보낸 뒤, 반드시 핏줄로 맺어진 관계가 아니더라도 저녁에 함께 산책을 나갈 수 있는 사람이 바로 가족이 되는 것이다.

이런 사람들의 연락처를 핸드폰에 저장시켜 놓고 자주 연락을 하게 된다.

　인생에서 내가 이렇게 좋은 벗을 만난다면 '성공한 삶'이라고 하겠다.

　나의 그 좋은 벗은

　합창단에서 만났고

　나이도 동갑내기

　저녁에 함께 산책 나갈 수 있는 가족같은 벗이다.

70 노인 혼자서도
글로벌하게

이번에 일본 도쿄여행 4박 5일 혼자 다녀왔다.

'홀로서기' 도전이 필요했다.

남들은 다 알고 있는 것들…….

그렇지만 내가 해보지 못한 것을 직접 체험하고 싶었다.

"왜 벌써 홀로서기 하느냐?"

"남편보다 먼저 죽을지도 모르잖아?"

"서로 기대고 살면 되잖니?"

"홀로서기가 왜 필요한거니?"

그럼에도 불구하고 해외여행 혼자 떠났다.

여행도 가볼 만큼 가봤지만 늘그막에 혼자 자유로이 움직이지 못하는 것은 언어 때문이었다.

구글 지도로 다닐 수 있었고 구글 번역으로 언어도 통했다.

여권을 제시하면 공원입장료, 경로우대 50%라는 말도 알아들을 수 있었다.

말이 안 통해서 못 갈 것 같았던 해외도 그냥, 가고 싶을 때 갈 수 있겠다.

첫 길 열어보니 괜찮다.

건강하면 어디든지 무엇이든 할 수 있겠다.

세월 지나고 세상에 혼자 남겨질 때,

어떻게 잘 살아야 하는지 깊이 생각해 볼 때다.

산다는 것은

-산다는 것은-

산다는 건,

사람으로 산다는 건

잡다함 속에서 견디는 일입니다.

살아보니 그렇습니다.

애써 고요를 찾고,

마음의 작은 평화를 찾고,

또 찾는 게,

삶이었습니다.

살아가는 삶, 살아내는 삶

사는 것이 고생이지 뭐 그리 좋은 것은 아니더라.

툭 건드리면 터질 울음보를 주렁주렁 달고 사는 것

을⋯⋯.

삶은 살아가는 것이 아니며, 살아내는 것이더라.

풀도 바람에게 베여 고개 숙이며 아파하고,

꽃도 빗방울이 앉는 무게를 이기지 못해 찢어지더라.

오랜만에 대학 친구들이랑 송년회

몇 년 만에 카톡으로 연락을 했다.

코로나 팬데믹으로 만나지 못한 지 오래되었다.

이번 팬데믹으로 한 친구는 세상을 떠났다.

뉴스에만 나오던 일이라 생각했었는데…….

친구야, 팬데믹도 해제되었다고 하니

송년회도 할 겸 얼굴 한번 보자.

이전에는 수시로 만남도 있었지만

못 만난 지 벌써 4년이 되었네그려.

희끗희끗 머리에 먹물 칠하고

주름살에 분칠도 하고

나와라 오버

기다릴게 오버

시흥시, 남양주시, 상봉동 각지에서 모인다.

장소는 상봉동 둥지부동산

당당한 나이 62세에 부동산 자격증을 따고,

돈도 잘 벌고 있는 둥지부동산에서 모였다.

4년 만에 만났는데

한 친구는 유튜브를 시작했고

한 친구는 부동산경매를 시작했고

한 친구는 빌라 투자를 하고 있단다

옴마야,

그대들 모두가 잘 살고 있었네.

나도 다시

옷깃 여민다.

세상이 다 그런 것을

노년은 인생이 원숙해지는 시기

그럼에도 불구하고
나는 사람이 두렵다.

친구를 자주 만나면 말실수할까 두렵고
자주 만나지 않으면 소원해질까 봐 두렵다.

힘껏 열심히 잘 살고 있고,
주변도 잘 챙기고 산다고 생각했는데

지금 와서 보니
적이 많았네.

친구들에게도
가족들에게도
너무 잘난체하고 살았나?

사람들은 너무도 영악해서
티끌만큼 작은 것도
본인 희생은 절대 용납하지 않더라.

젊은이들이여,
뽀족한 사람
삐죽한 사람
끝까지 함께 가려고 하지 마.
불필요한 관계는 정리하는게 맞더라.

혼자만

부처님처럼 예수님처럼

살려고 애쓰지 마.

너무 잘하려고 애쓰지 마.

세상이 다 그런 것을

세상 오래 살다 보면

다 깨닫게 되는 것을

올해 2024년 12월 2일
결혼 45주년

결혼 45주년

참 오래도록 살았습니다.

강산도 참 많이 변했습니다.

사십오 년 세월이 우리를 이렇게 덤덤하게 만들었네요.

세월은 우리에게서 많은 것을 바꾸어 놓았어요.

무엇을 보기 위해 위험천만 달려왔는지

무엇을 찾기 위해 그렇게 분주했던지

앞만 보고 달려왔던 길을 이제는 뒤돌아봅니다.

우리 두 사람 지금은 건강하기만 합시다.

옴마야! 저거 보석 아이가?

삼성동 헬스장에서 운동 끝나고 지하철역으로 바쁘게 가는 길

운동화 바닥에 돌이 박힌 듯하다.

멈추어 서서 자세히 보니 귀걸이 한 짝이 단단히 박혀 있었다.

'이게 뭐야?'

성내며 뽑아서 던져 버렸다.

몇 발자국 발을 뗐다가 불현듯 스치는 생각

'옴마야! 저거 보석 아이가?'

'길에서 보석을 줍는 행운이 나에게도 있네!'
'칠십 평생 거짓말 안 하고 바르게 살았으니 천지신명께
서 횡재를 줄 수도 있지.'

돌아서서 귀걸이를 다시 주웠다.
티슈에 잘 싸서 집으로 가지고 왔다.
남편에게 보였더니 가짜 액세서리라네.

그럼 그렇지……

땀 흘리지 않은 댓가는 없다.
씨 뿌리지 않은 행운도 없다.

그것이 세상 사는 이치인 것을

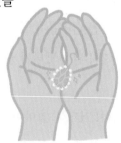

참 소중한 사람

조록조록 내리는 봄비에
우산 받쳐들고 남편 마중을 나간다.

조용하고 말은 적지만
문제가 생기면 빠른 해결책 찾아내는
참 소중한 사람

여기까지 오는데
힘든 고생 바닥에 깔고 있어
애처롭고 애틋한 사람

친절하고 다정하게

내 곁에 머물러 주는 사람

가족 위해 헌신하고
존경받는 사람

세상살이 기죽을까 봐
언제나 애써주는
참 소중한 사람

버팀목 내 남편입니다.

노래교실에 등록하다.

　TV에서 '코로나 팬데믹도 끝났으니 마스크를 안 써도 된다.'고 한다.
　무언가를 배워야겠다는 생각에 송파문화원을 찾았다.

　강순희 선생님 노래교실이 신설되었다고 한다.
　4박자는 인간의 본능

　친구들이랑 노래교실에 등록했다.
　매주 화요일 1시 20분

　미인이며 지적인 강순희 선생님께서는
　수강생들을 편하게 잘 이끌어 주고 계셨다.

이번 노래는 나훈아의 〈홍시〉

몇 달 전에 돌아가신 친정엄마가 생각나서 눈물이 많이 났다.

홍시가 열리면 울 엄마가 생각이 난다.

눈이 오면 눈 맞을 세라

비가 오면 비 젖을 세라

험한 세상 넘어질 세라

사랑 땜에 울먹일 세라

생각만 해도

눈물이 핑도는

울 엄마가 그리워진다.

뒤이은 노래는 임영웅의 〈별빛같은 나의 사랑아〉

당신이 얼마나 내게 소중한 사람인지

세월이 흐르고 보니 이제 알 것 같아요

날 믿고 따라준 사람

항상 고맙고 감사합니다.

남편에게 미안하고 고마워서 눈물이 자꾸 났다.

못난 아내를 지켜봐주는 남편에게 감사하다.

따르릉……전화를 걸었다.

"왕언니. 둘째 언니, 오늘은 노래교실 수업 없는 날입니다.

혹시 잊으셨나 해서 전화드렸습니다."

"응응 고맙다. 아우야."

스스로 행복을 만들어 가시며

함께해 주시는 노래교실 언니들

늘 고맙고, 사랑합니다.

저희에게 행복을 전하시는 강순희 선생님을 존경합니다.

로봇화되어 가는 사람들

사람들이 점점 로봇화되어 가는 것 같다.

표정도 없어졌다.

말하기도 싫어한다.

명령어 하나로만 움직이는 로봇

스스로 생각 못 하는 로봇

지금보다 더 잘 사는 데는 별로 관심이 없다.

'종자돈 만드느라 고생한 것도 소중한 추억이 된다.'는

사실은 옛말

'사슴처럼 기대고 살자.'던 것도 옛말

점점 로봇화되어 가는 사람들

나에게는 지금이 혼돈의 시대다.

못다 준 사랑에
아쉬움 남을까 봐

현재 내 모습은 남편 덕분이다.
성장의 씨앗도 심게 했고
물과 빛도 제공해 주었다.

많은 시간 지나고 보니 고맙고 감사하다.
못다 준 사랑에 아쉬움 남을까 봐
힘껏 표현하고 살려고 한다.

치열했던 젊은 시절도 뒤돌아보니
토닥토닥 아름답고 보람있었다.

지금은 어떻게 잘 마무리해야 하는지를 고민하고 있다.

세월이 쌓이면 누구나 떠나는 것을…….

어떤 노인이 될 것인가…….

남기고 갈 것은 또 무엇인가…….

오늘도 행복한 피로감에 젖는다.

나에게 쓰는 편지

각자의 방법으로 싸우며 사는 게 인생이더라.

기대와 다르게 인생은 흘러가더라.

특별하게 살고 싶었다.

폼나게 살고 싶었다.

우뚝 서고 싶었다.

잘나가고 싶었다.

괜찮아, 지금도 좋아.

특별하지 않아도 괜찮아.

폼나는 인생 아니어도 괜찮아.

뒤에서 밀어주는 인생도 좋아.

잘나가지 않아도 괜찮아.

완벽한 날은 없더라.

몸부림치고 버티며

애쓰고 살아내는 것이 인생이더라.

이제서야 깨닫고 철이 든다.

칠순이 넘어서 지금…….

'모든 삶은 다 소중하고 특별하다.'는 것을…….

엄마가 항상 그립다.

나이가 들수록 어머니에 대한 그리움이 커진다.

돌아가신 며칠 뒤, 엄마의 무덤 앞에서 맏이로서의 약속
을 했다.

'엄마, 동생들 잘 챙기겠으니 여기 걱정은 마시고 하늘
에서 편히 쉬세요.'

라고 약속했는데…….

엄마, 그 약속 지키기 어렵습니다.

죄송합니다.

부모님이란 울타리가 참 그립습니다.

내일은 엄마 두 번째 기일입니다.

큰 남동생 집에서 형제자매들 함께 모입니다.

역시 아들이 최고입니다.

어느 누구 말하지 않아도 남동생 부부가 음식 준비해놓고

형제자매들 한자리에 모이게끔 자리 마련해 주니 고맙고 기특합니다.

이래서 아들은 꼭 필요했네요.

우리 6남매 잘 살겠습니다.

부모님의 사랑 본받고 실천하겠습니다.

엄마가 항상 그립습니다.

수필을 쓰면서
나를 깨닫다.

나는 왜소하고 가냘픈 사람입니다.

그럼에도 불구하고

암팡지게 당찬 면도 있다는 것

이번에 알았습니다.

나는 마음이 어질고 여린 사람입니다.

그럼에도 불구하고

강한 마음 단호한 면도 있다는 것

이번에 알았습니다.

나는 쉬엄쉬엄 쉬어가는 보통 사람입니다.

그럼에도 불구하고

열정적이며 도전적인 면도 있다는 것

이번에 알았습니다.

나는 상처받는 말 들으면 울기만 하는 소심한 사람입니다.
그럼에도 불구하고
줏대 있고 할 말 하는 당찬 면도 있다는 것
이번에 알았습니다.

나는 조용하고 잔잔한 시냇물입니다.
그럼에도 불구하고
내 마음 속에 도전하고자 하는 욕망이 있었음을
이번에 알았습니다.

나는 잘 웃고 성격 좋은 편안한 사람입니다.
그럼에도 불구하고 피해주지 않고 피해받지도 않는
철저한 현실주의 까다로운 사람인 것
이번에 알았습니다.
나는 현실을 중시하고 이성적인 사람이 되기 위해
노력하는 사람인 것도
이번에 알았습니다.

⟨수필을 끝내면서⟩

저는 대한민국 국민 1인당 소득 100달러 미만 시절에 태어나 우리나라 발전의 격동기를 거쳐온 베이비부머 세대입니다.

그림 그리기를 좋아했지만, '좋아하는 일'보다는 '해야 할 일'을 먼저 해야만 했습니다.

자신과 세상에 대해 고백하는 능력과 용기도 필요했습니다.

서울에 올라와서

부산에서 서울에 먼저 와 있던, 여고 친구들 세 명과 연락하고 지냈습니다.

과천에 자리잡은 친구 집에 집들이를 가자고 약속했습니다.

집에 있던 제일은행에서 받은 코끼리 저금통 배를 가르니 동전 2천 원이 나왔습니다.

과천에 도착한 3명은 집들이 선물을 사러 슈퍼마켓에 들어갔습니다.

나는 아이들이 먹을 간식 새우깡과 양파링을 샀습니다.

아이들의 숫자만큼 사도 6봉지는 사야 했지만 집으로 돌아갈 지하철비가 간당간당 불안해서 3봉지만 샀습니다.

두 친구는 돈이 좀 더 드는 집들이 선물용 하이타이와 두루마리 휴지를 사는 것 같았습니다.

누가 봐도 부족한 과자 3봉지였지만, 친구들이 별 말 하지 않아서 그나마 다행이었습니다.

그때 스스로 드는 생각이 내 인생의 전환점이 되었습니다.

'가난을 숨기지 말자.'

'스스로를 가두어 놓지는 말자.'

'있는 그대로를 보이자.'

그날부터 어디에서든 주눅 들지 않는, 자신있는 사람으로 스스로를 바꾸어 갔습니다.

생각을 바꾸니 자신감도 생겼습니다.

독자 여러분,

부자어른 증후군,

신데렐라 증후군,

굿가이 증후군에 사로잡혀

'인생 너무 희생하지는 마세요.'

당신의 인생은 세상 무엇보다 중요합니다.

여러분의 삶에도 따뜻한 봄날이 찾아오길 진심으로 기원합니다.